Morgen sagen die Sterne

Susanne schreibt Horoskope. Nein, sie macht das nicht
professionell. Sie hat mit Astrologie nichts am Hut,
sie glaubt auch nicht daran. Aber sie schreibt ihrem Mann
trotzdem Horoskope. Weil sie nichts anderes zu tun hat.
Und weil es zum morgendlichen Ritual geworden ist.

Was sie nicht weiß: Mit ihren frei erfundenen Horoskopen für Thorsten trifft sie regelmäßig ins Schwarze.
Und damit kommt einiges ins Rollen – denn schon im
ersten Horoskop schreibt sie: „Dieser Tag wird Ihr Leben
verändern ...“

Anja-Nadine Mayer

Morgen sagen die Sterne

Roman

Bibliografische Information der Deutschen Nationalbibliothek:
Die Deutsche Nationalbibliothek verzeichnet diese Publikation
in der Deutschen Nationalbibliografie;
detaillierte bibliografische Daten sind im Internet über
http://dnb.dnb.de abrufbar.

Herstellung und Verlag: BoD – Books on Demand, Norderstedt

ISBN: 978-3-7392-4036-7

Für Brigitta.
Und für Erwin.

Inhalt

Dieser Tag kann Ihr Leben verändern

Dieser Tag würde sein Leben verändern. Und da er seit fast zwanzig Jahren mit Susanne zusammenlebte, würde er auch das ihre verändern. Logisch.

Schon als er morgens erwachte, hatte er eine Vorahnung. Es war zwar nicht die Vorahnung, dass dieser Tag sein Leben verändern würde, aber es war dennoch eine Vorahnung. Eine sehr unbestimmte, vage, leichte Vorahnung, immerhin. Als erstes wunderte er sich nur darüber, dass die Sonne ihn an der Nase kitzelte. Er erwachte mit einem Lächeln, und die Sonne lächelte zurück. Sie leuchtete das Schlafzimmer dermaßen konturscharf und hell aus, dass er sich fragte, was sie ihm zeigen wolle. Alles schien normal. Sieh hin, schien die Sonne ihm zu sagen, aber er sah nur sein gewohntes Schlafzimmer. Susanne sah er nicht, aber das war nichts Ungewöhnliches. Sie schlich sich oft vor ihm aus dem Bett. Sie setzte Kaffee auf, zündete die Kerze an, die zum Frühstück immer brannte, deckte den Tisch, sprang unter die Dusche und war munter, wenn er im Pyjama, aber mit der Zeitung gewappnet, in der Küche ankam. Wenn er die Augen schloss, die Luft einsog und sich konzentrierte, sagte ihm seine Nase, wann er aufstehen musste: Mischten sich die Düfte von Kaffee, Duftkerze und Duschgel und verstärkten sich auf dem Weg den Flur entlang bis zum Schlafzimmer, dann war es allerhöchste Zeit, die Zeitung zu holen und sich in der Küche blicken zu lassen. Alles war bereit, der Tag konnte beginnen. Seinerseits begann er ihn mit einem Kuss auf Susannes Stirn, bevor sie sich Frühstück und Zeitung schmecken ließen, eine Stunde lang, dann mussten sie beide aus dem Haus. Alles hatte seinen festen Gang, seinen festen Platz gehabt, der Morgen war ein Ritual. Gewesen. Er schloss seine Augen und genoss diese vertraute, ferne Erinnerung. Sieh hin, schien ihm die Sonne durch die Augenlider hindurch zu sagen. Thorsten lächelte und sog die Luft ein, er schnupperte. Aber nach seiner Nase konnte er schon lang nicht mehr gehen. Das lag an Susanne, nicht an seiner Nase. Seit sie beide morgens nicht mehr aus dem Haus mussten, folgte sie auch nicht mehr ihrem Morgenritual. Er roch nur den Flieder vor dem Fenster. Ja, doch, da war auch der Duft von Kaffee. Von der obligatorischen Duftkerze lag keine Spur in der Luft, und duschen würde Susanne wahrscheinlich erst wieder Stunden, nachdem der Kaffeeduft verflogen war. Da mischte sich nicht mehr viel Duft in der Luft. Aber die Sonne schien hell und drängte Thorsten das Gefühl einer sehr vagen Vorahnung auf. Kurz: Er hielt es im Bett nicht mehr aus.

Am Frühstückstisch machte sich seine Vorahnung in Form einer latenten Unruhe bemerkbar.

„Was bist Du so nervös?", nörgelte Susanne, weil er auf dem Stuhl hin und her rutschte.

Bin ich nervös?, fragte er sich, konnte aber keinen Grund dafür erkennen. Auf die Zeitung konnte er sich nicht konzentrieren. Ansonsten schien alles normal an diesem Morgen: Susanne saß ungeduscht wie er und schlecht gelaunt am Frühstückstisch.

„Was machen wir heute?", fragte Thorsten.

„Mmmm!" Das sollte heißen: Was sollen wir schon machen? Es gibt nichts zu tun, wir haben keine Aufgaben, keine Verpflichtungen, kein Geld, ich habe keine Lust, irgendwas zu tun, und es ist mir egal, was Du tust.

Susanne sah von ihrer Zeitung nicht einmal auf. Thorsten rutsche auf seinem Stuhl hin und her.

„Was bist Du denn so nervös?", motzte Susanne nun eindringlicher und sah ihn böse an.

Thorsten wich dem vorwurfsvollen Blick einfach aus, versteckte sich hinter der Zeitung, die er heute nicht las, sondern nur betrachtete. Er versuchte, still zu sitzen. Er versuchte einen klaren Gedanken zu fassen. Dieses unbestimmte Gefühl zu erfassen. Susanne blätterte und las. Thorsten nahm einen Schluck Kaffee. Irgendetwas musste er heute tun. Er musste raus, etwas unternehmen. Oder musste er einfach nur abwarten, bis etwas geschah, ganz von allein? Fast wäre er wieder auf seinem Stuhl hin und her gerutscht. Um sich abzulenken, nahm er noch einen Schluck Kaffee.

„Tssss", machte Susanne, „so ein Blödsinn!"

Nie geschah etwas. Ganz gleich, ob er ziellos durch die Stadt streifte oder mit Susanne tatenlos in der engen Wohnung saß. Es machte keinen Unterschied.

„Fällt denen nichts Besseres ein? Das ist so nichtssagend!", schimpfte Susanne. „Hör zu: *Übernehmen Sie sich nicht. Mit der Gesundheit ist nicht zu spaßen. Bevor Sie an Ihre Grenzen stoßen, gönnen Sie sich lieber Ruhe – aber nicht zu viel. Der goldene Mittelweg ist gefragt.*"

Sie schüttelte sich. „Das soll ein Horoskop sein? Und hier, Deines: *Vorsicht, Konflikte liegen in der Luft. Begegnen Sie ihnen mit Umsicht und Weisheit. Stellen Sie sich ihnen und schlichten Sie, wenn Sie können. Andernfalls gehen Sie ihnen besser aus dem Weg.*"

„Hm", machte Thorsten gleichgültig. Was war nur los heute? Was war heute anders? Er kam nicht darauf.

„Können die nicht mal was Konkreteres schreiben? Etwas Motivierendes? Worüber man sich freuen kann?

Worüber man lachen kann?" Sie warf die Zeitung nieder.

„Du musst es ja nicht lesen."

„Doch", schimpfte Susanne. „Ich will es aber lesen. Ich will etwas lesen, das mir eine Richtung gibt. Das mich aufheitert. Das mir vermittelt: Es macht Sinn, dass Du heute aufgestanden bist. Das Leben macht Sinn. Es wird alles gut. Und so und so kannst Du es erreichen, das und das musst Du tun ..."

Plötzlich standen ihr Tränen in den Augen.

„Aber Schatz, Du glaubst doch sowieso nicht an diesen Humbug."

„Ich will aber dran glauben. Ich will etwas Aufmunterndes, an das ich glauben kann." Ihre Stimme wurde schrill.

Thorsten saß jetzt ganz still und sah seine Frau mitleidig an.

„Verstehst Du das denn nicht?", fragte sie leise.

Er verstand sie schon lange nicht mehr. Ihre Gefühlsausbrüche und Stimmungsschwankungen waren ihm noch immer ein Rätsel.

„Doch", sagte er sanft und stand auf. Er nahm sie in die Arme, und Susanne weinte stumm.

Unter der Dusche ließ er sich Zeit. Das heiße Wasser formte aus seiner vagen Vorahnung den dringenden Wunsch, möglichst schnell aus der Wohnung zu fliehen. Irgendwohin. Mit Susanne daheim würde er es nicht aushalten. Irgendwas musste heute geschehen.

Als er zurückkam in die Küche, kaute Susanne auf einem Bleistift herum.

„Setz Dich", befahl sie, ihre Augen leuchteten fröhlich.

„Susanne, ich will heute in die Stadt. Kommst Du mit? Ich habe das Gefühl, ich muss mich bewegen. Und bei dem Wetter wäre es schade, zuhause herumzusitzen."

„Was? Nein, ich bleibe da. Werde mich mit einem Buch im Garten in die Sonne legen. Aber setz Dich mal, ich will Dir etwas vorlesen. Ich habe es jetzt selbst probiert."

„Was hast Du probiert."

„Ich habe Dir ein Horoskop geschrieben. Hier, lies es selbst."

Lächelnd schob sie ihm das Papier hin. Thorsten sah sie zweifelnd an.

„Ja, natürlich ist es frei erfunden. Aber das macht doch nichts. Die Horoskope in der Zeitung folgen bestimmt auch keiner Wissenschaft. Hier, lies. Das ist Dein Horoskop für heute. Es soll Dich motivieren. Es ist das perfekte Horoskop."

Thorsten studierte den Zettel. „Warum siezt Du mich?"

„Damit es seriöser klingt."

„Ach so."

Und das war sein Horoskop, das erste, das seine Frau ihm geschrieben hatte:

Lieber Thorsten, sind Sie nervös oder unzufrieden? Tun Sie etwas dagegen. Werden Sie aktiv, es wird sich lohnen. Folgen Sie Ihrer inneren Stimme und halten Sie die Augen offen, sehen Sie hin. Dann werden Sie beobachten, wie sich ungeahnte Türen vor Ihnen öffnen, durch die Sie ganz einfach hindurchgehen können. Beschreiten Sie neue Wege. Das geht heute ganz leicht. Das Einzige, was Sie dazu brauchen, ist ein kleines bisschen Mut. Dieser Tag kann Ihr Leben verändern.

So verschieden waren die beiden: Susanne hatte weder wie Thorsten beim Aufstehen ein vages Gefühl einer Vorahnung verspürt noch beim Frühstück eine latente Unruhe. Für sie hatte der Tag ganz normal begonnen: unzufrieden mit sich und ihrem Leben. Das Horoskop aber, das sie sich für Thorsten aus den Fingern sog, zeugte von einer starken

Vorahnung, die unbewusst blieb. Denn erstaunlicherweise sollte das Horoskop recht behalten: Dieser Tag würde Thorstens Leben verändern – und damit letztendlich auch das ihre.

Thorsten ging die Straße hinunter. Nein, er ging nicht, er lief, er hetzte, rannte fast. Wohin? Nur immerzu geradeaus, irgendwann links ab, quer durch die Stadt. Das tat er seit etwa zwei Jahren immer häufiger. Seit er kein Auto mehr hatte, lernte er die Stadt mit neuen Augen kennen. Obwohl, anfangs hatte er öffentliche Verkehrsmittel benutzt, wenn er wo hinmusste, und hatte diese Umstellung als äußerst unbequem empfunden. Das Geschleppe mit den Lebensmitteltüten nach Hause. Das Gehetze zur U-Bahn, damit sie ihm nicht vor der Nase davonfuhr, das Gedränge an den Bahnsteigen, das Ausgeliefertsein in den Waggons: Man hatte dort keine Privatsphäre, war gezwungen, fremde Telefongespräche mitanzuhören, fremden Schweiß einzuatmen, Menschen gegenüberzusitzen, um die man auf der Straße einen Bogen gemacht hätte, und zurückzulächeln, wenn gelächelt wurde. Die U-Bahn war noch schlimmer als der Bus oder die Straßenbahn, weil der Blick nach draußen nur unscharf vorbeirasende, schwärzliche Tunnelwände bot, die dem Auge wehtaten, statt ihm eine Ausflucht zu gewähren. Zu dieser Zeit hatte Thorsten sich nur in der Stadt bewegt, wenn er ein Ziel hatte. Wenn er einen Termin beim Arbeitsamt wahrnehmen musste, wenn er einkaufen gehen wollte oder sonst irgendwelche Erledigungen zu tätigen hatte. Wenn es ihn, ob mit Susanne oder allein, unternehmungslustig aus dem Haus trieb, in die Fußgängerzone, in eine Ausstellung oder ans Flussufer, wusste er vorher, wo er hin wollte und wie er dorthin käme. Wie das gut organisierte Menschen eben tun.

Irgendwann waren diese Ausflüge häufiger, war Susannes Begleitung seltener geworden. Gleichzeitig hatte sich bei Thorsten eine gewisse Ziellosigkeit eingestellt. Er stieg einfach irgendwo in den Bus oder in die U-Bahn ein und stieg irgendwo wieder aus und ließ sich treiben. Er war kein gut organisierter Mensch mehr. Weil er sich schon lange nicht mehr organisieren musste, weil er schon lange keinen geregelten Tagesablauf mehr hatte. In dieser Phase schämte er sich immer ein wenig, mit der U-Bahn zu fahren, wo die Menschen nicht hinaussehen konnten; weil sie ihn notgedrungen immer ansahen, wenn sie nicht mit ihrem Smartphone oder ihrem E-Book-Reader oder untereinander beschäftigt waren. Er schämte sich, weil er sich immer fragte, ob die Menschen, die ihn in der Straßenbahn, im Bus oder der U-Bahn musterten, ob sie sich dachten, dass er ein Nichtsnutz war, ein arbeitsloser Tagedieb. Er wusste, dass viele Menschen Vorurteile hatten gegenüber Langzeitarbeitslosen wie ihm; er hatte diese Vorurteile vor einigen Jahren selbst noch gehabt. Und er hatte nie damit gerechnet, dass er einmal in eine solche Situation kommen könnte. Deshalb achtete er sehr auf sein Äußeres, damit man ihm ja nicht ansah, dass er nun dazugehörte.

Eines Tages war er einfach an dem U-Bahnhof vorbeigelaufen. Es war ein befreiendes Gefühl gewesen. Er war auch an der Bus- und an der Straßenbahnhaltestelle vorbeigelaufen, hatte sie einfach hinter sich gelassen. Seitdem jagte er oft ziellos durch die Stadt. Oder er trabte, marschierte, bummelte, schlenderte, je nach Tagesform. Er war anonym in der Menge und doch eins mit der Stadt. Er war schnell auf den Geschmack gekommen, fühlte sich zu Fuß wie eine Ameise in ihrer Kolonie. Er sah die Details, die er früher, wenn er zielstrebig mit dem Auto irgendwo hingefahren war, nie bemerkt hätte. Jede Straße hatte ihren eigenen Rhythmus und ihren eigenen Charakter. Ihre Anwohner und Geschäfte hatten unterschiedliche Gewohnheiten, Vorlieben, Tagesabläufe. Er spürte sie leben, atmen, pulsieren, diese Stadt. Und das tat Thorsten unendlich gut. Er war ein Blutkörperchen, das unablässig durch die Adern dieser Stadt strömte und sie dabei immer besser kennenlernte. Er wusste, dass er sich von dem alten Herrn am Stadtrand, wenn er ihm begegnete, zum Kaffee einladen lassen und ihm ein paar Minuten zuhören musste, weil er sonst ausfällig würde; er wusste, dass der Gemüsehändler am anderen Ende der Stadt jederzeit Aufheiterung benötigte und ihm dafür einen Apfel schenken würde; er wusste, an welchen Straßenecken er mitanpacken musste, wenn eine Mutter mit einem Kinderwagen in Richtung des viel zu hohen Gehsteigs rollte; er wusste, welches Seniorenheim er verständigen musste, wenn die demente alte Dame orientierungslos durch die Straßen irrte – er hatte sogar die Nummer der Stationsschwester gespeichert.

Auch die Innenstadt kannte er gut. Er wusste, welche Straßenmusiker welche Plätze bevorzugten, er wusste, wann und wie welche Pflanzenkübel neu bepflanzt wurden, er wusste, welche Geheimtipps nicht in den Reiseführern der Touristen standen, er wusste im Voraus, welches Geschäft in der Fußgängerzone als nächstes schließen würde, und sobald der Räumungsverkauf begann, gab er den Angestellten Tipps, wo man Personal suche.

Er wusste, dass es in der Stadt eine einzige Stretchlimousine gab. Er wusste nicht, dass der Fahrer sehr bald ins Krankenhaus eingeliefert würde, und auch nicht, dass er, Thorsten, bei dieser Geschichte eine Rolle spielen würde. Natürlich nicht. Thorsten konnte ja nicht hellsehen.

Aber diese vage Vorahnung, die er schon seit dem Aufwachen hatte, war geblieben.

Als er sich atemlos an einem Grünstreifen vor der Stadtmauer auf eine Bank fallen ließ, um sich von dem zügigen Marsch zu erholen, fragte er sich, was ihn hier erwarte.

Zunächst erwartete ihn eine kleine Schar Tauben, die ein paar Meter entfernt die letzten Reste einer Brezel aufpickten und, den Appetit angeregt, sich schon nach Nachschub umsahen. Thorsten war nun ihre große Hoffnung, und so tänzelten sie in immer engeren Kreisen um ihn herum und auf ihn zu. Eine der Tauben fiel ihm besonders auf, weil sie stark hinkte, ihr fehlte wohl ein Zeh. Außerdem erwartete ihn von seiner Bank aus der unverstellte Blick auf den Grünstreifen und den Gehweg vor ihm, auf die Hauptstraße, die vor der Stadtmauer vorbeiführte, auf die Kreuzung schräg vor ihm und auf die Straße, die neben ihm durch das Stadttor Richtung Innenstadt führte. Drittens erwartete ihn eine Frau mit einem kleinen Kind und einem noch kleineren Kind in einem Kinderwagen. Das heißt, die drei erwarteten ihn nicht im eigentlichen Sinne, sie waren eben einfach da. Und zwar direkt neben ihm, auf dem Gehsteig Richtung Stadttor. Viertens erwartete ihn – oder erwartete er, ohne es zu wissen – die einzige Stretchlimousine der Stadt, die schräg vor ihm an der Kreuzung stand, bereit, Richtung Stadttor abzubiegen, sobald die Ampel auf Grün springe. Fünftens wartete eine junge Katze mit vorfreudig-angespannt zitternden Schnurrhaaren auf den richtigen Moment, um mitten zwischen die Tauben zu springen.

Eine vielbefahrene Kreuzung also, eine kleine Schar hungriger Tauben, eine Mutter mit zwei Kindern, eine

Stretchlimousine, eine Katze und Thorsten. Und, der Vollständigkeit halber, ein roter Corsa, der hinter der Stretchlimousine an der Ampel wartete. Das waren die Mitwirkenden der Szene, die sich gerade in Gang setzte. Für Thorsten verlangsamte sich die Zeit – ein eindeutiges Indiz dafür, dass sich tatsächlich gleich etwas ereignen würde, das seine ganze Aufmerksamkeit erforderte. In Zeitlupe also beobachtete Thorsten völlig ungefiltert, was um ihn herum geschah. Wie die Tauben weiterhin auf ihn zu gurrten, ohne die Katze zu bemerken, wie das Kind sich von seiner Mutter losriss, ohne von ihr bemerkt zu werden, wie die Katze geräuschlos eine Pfote nach vorne schob, wie die Ampel um- und er selbst aufsprang. Ja, er beobachtete die Szene, als gehöre er nicht dazu, als wäre er selbst nicht involviert, als sei es ein Fremder, der zum zweiten Mal an diesem Tag eine Vorahnung hatte, diesmal eine ganz konkrete, bezüglich des Kindes und seiner Mutter und der Stretchlimousine, die um die Ecke bog, dicht gefolgt von dem roten Corsa. So jedenfalls sollte Thorsten sich im Nachhinein daran erinnern: Als habe er beobachtet, wie ein anderer in Zeitlupe aufstand, während ebenfalls in Zeitlupe das Kind und die Stretchlimousine sich in spitzem Winkel aufeinander zu bewegten.

Während Thorsten aufsprang, die Limousine weiterrollte und das Kind weiterrannte, schrie die Mutter: „Christina! Weg von der Straße!"

Es lag weder Panik noch überhöhte Sorge in der Stimme der Frau. Sie schien die Gefahr nicht zu spüren, die Stretchlimousine nicht wahrzunehmen und nur routinemäßig ihr Kind zurückzurufen. Sie schob ja noch einen Kinderwagen vor sich her, auf den sie zu achten hatte. Gleichzeitig – während also Thorsten aufsprang, die

Limousine rollte, das Kind rannte und die Mutter schrie – setzte die Katze zu ihrem lang ersehnten Sprung inmitten die Schar der Tauben an. Die behinderte Taube, aufmerksamer als ihre Artgenossen, weil sie verletzlicher war, flog als erstes auf. Sofort entstand ein Flattern und Flirren und Flügelschlagen. Die erschreckten Tauben wirbelten auf Thorsten zu, der wie die Katze quasi noch im Sprung war, drehten erschrocken in Richtung der Frau und ihrer Kinder ab und erzeugten einen solchen Sog, dass sie die Zeitlupe beendeten und die Szene zu einem jähen Ende führten, ohne dass Thorsten alle Einzelheiten beobachten konnte. Deutlich aber war es zu hören: Die Mutter kreischte, die Bremsen der Stretchlimousine kreischten, der Aufprall des Corsa auf die Stretchlimousine knallte.

Die Fahrerin des Corsa war am Beschleunigen gewesen, als die Stretchlimousine bremste, deshalb konnte sie nicht schnell genug reagieren. Der Fahrer der Stretchlimousine hatte eine Vollbremsung gemacht, weil er das Kind auf die Straße rennen sah. Das Kind war abrupt stehengeblieben und hatte sich umgewandt, weil die Mutter kreischte. Die Mutter hatte gekreischt, weil eine der Tauben im Flug etwas Schweres, Warmes, Feuchtes fallen ließ, das direkt auf ihrer linken Schläfe landete. Die Taube hatte gekackt, weil Tauben eben im Flug kacken, egal, ob sie erschreckt oder entspannt sind. Auf jeden Fall hatte die Taube die Frau erwischt, weil Thorsten aufgesprungen war, als die Tauben aufflogen. Wäre er sitzengeblieben, wären sie wohl über ihn hinweggeflogen und hätten ihn erwischt. Und dann wäre die Frau nicht erschrocken und hätte nicht gekreischt, und das Kind wäre nicht erschrocken und wäre weitergerannt und hätte sich in spitzem Winkel mit der Stretchlimousine getroffen, trotz deren Vollbremsung.

Die Katze, Thorsten und die Tauben hatten dem Kind das Leben gerettet. Das Kind hatte nicht einmal einen Kratzer. Kratzer und größere Schäden hatten nur die Wagen. Und die Fahrerin des Corsa. Und vor allem der Fahrer der Stretchlimousine. Die eine erlitt einen Schreck und der andere ein Schleudertrauma. Aber das Kind lebte.

Die erste Tür, die sich an diesem Tag sprichwörtlich für Thorsten öffnete, befand sich im mittleren Bereich der verlängerten Limousine. Sie spuckte einen Mittfünfziger aus, der es gewohnt war, selbst an ungewöhnlich heißen Maitagen in Anzug und Krawatte herumzulaufen, Arroganz auszustrahlen, Befehle zu erteilen und die Dinge in die Hand zu nehmen. Zeitgleich mit Thorsten erreichte er die Frau.

„Ist Ihnen oder Ihrem Kind etwas passiert?", sprach er sie an.

Die Frau aber reagierte nicht, sie war noch dabei, ihr Kind zu schimpfen, das seinerseits gerade begann, laut zu heulen.

Er trat noch näher an sie heran und streckte ihr die Hand entgegen. „Ich wollte mich nur vergewissern, dass es Ihrem Kind gutgeht."

Die Frau aber ignorierte ihn weiter, schimpfte ihr Kind weiter und schickte sich an, einfach wegzugehen.

Der Mann legte eine Hand auf die ihre auf dem Griff des Kinderwagens. „Hören Sie. Ihr Kind ist gerade vor unseren Wagen gelaufen. Wir mussten vollbremsen, und der Wagen hinter uns ist uns draufgefahren. Sie können jetzt nicht einfach weitergehen. Wir brauchen Sie womöglich als Zeugin."

Die Frau sah ihn mit großen Augen an, während ihr Kind weinend an ihrer Kleidung zerrte.

„Ich glaube, sie hat das alles gar nicht mitbekommen", mischte sich Thorsten ein.

„Aber ich habe den Unfall beobachtet und auch das Kind gesehen. Ihr Fahrer hat super reagiert."

„Danke." Der Mann streckte nun Thorsten seine Hand hin. „Robert Assling."

„Thorsten Spieß."

Die nächste Tür, die sich für Thorsten öffnete, war die des Fahrers. Er wirkte etwas benommen. Auch die Fahrerin des roten Corsa war mittlerweile ausgestiegen, um den Fahrer der Stretchlimousine zur Rede zu stellen. Sie wirkte etwas aufgebracht. Ohne mit irgendjemandem ein weiteres Wort zu wechseln, angelte Robert Assling sein Handy aus der Jackett-Tasche und rief die Polizei. Zehn Minuten warteten sie. Assling telefonierte währenddessen mehrmals mit gedämpfter Stimme, an seine sechstürige Limousine gelehnt, die Frau aus dem Corsa telefonierte mit schriller Stimme, auf dem Gehsteig auf und ab laufend, der Fahrer der Stretchlimousine saß hinter dem Steuer und versuchte sich zu erholen. Die Mutter mit ihren zwei Kindern hatte auf Thorstens Geheiß auf der Bank Platz genommen, und Thorsten stand einfach dabei und wartete ab. Die Katze und die Tauben waren längst fort, sie hätten ohnehin nicht befragt werden können.

Die Polizei nahm alle Personalien auf, die Frau aus dem Corsa wollte diskutieren, Robert Assling versicherte, dass seine Rechtsabteilung sich darum kümmern werde, schließlich sei die Limousine ein Firmenwagen. Die Polizisten stellten fest, dass die Airbags des Corsa aufgegangen waren, nicht jedoch die der Stretchlimousine.

„Warum steigen Sie denn nicht aus?", fragte der eine den Fahrer.

„Mir ist ganz schwindelig", antwortete dieser.

Die Polizisten einigten sich darauf, dass er möglicherweise nicht mehr fahrtüchtig sei, sie riefen die Ambulanz, um ihn im Krankenhaus durchchecken zu lassen. Als er aus der Limousine stieg, fasste er sich unwillkürlich an den Nacken. Leicht schwankend ließ er sich zum Krankenwagen führen.

„Darf ich Sie fragen, was Sie heute noch vorhaben?", fragte Assling, während er Thorsten musterte.

„Wollen Sie mich jetzt fragen, ob ich mit Ihnen ausgehe?", scherzte Thorsten.

„So ähnlich. Ich möchte Sie fragen, ob Sie mit mir ausfahren. Wie Sie sehen, ist mein Chauffeur soeben für den Rest des Tages ausgefallen. Jetzt habe ich ein Problem, stehe außerdem unter Zeitdruck, Sie sind mir sympathisch, und fragen kann man ja mal. Das wäre jetzt die einfachste und schnellste Lösung, und wenn Sie nicht unabkömmlich sind ... Ich bezahle Sie selbstverständlich."

Fassungslos sah Thorsten ihn an. Dann betrachtete er die Stretchlimousine, die auch mit eingedelltem Heck noch sehr imposant wirkte.

„Herr ... ähm ... Spieß, richtig? Geben Sie's zu, Sie würden sie schon mal gerne fahren. Stimmt's?" Assling grinste selbstsicher. „Wir holen zwei Gäste aus ihrem Hotel ab, setzen sie zum Shoppen bei einem Sportbekleidungs-Outlet ab und eine Stunde später bringen wir sie zum Flughafen. In zweieinhalb, maximal drei Stunden sind Sie mich wieder los. Sind Sie mit hundert Euro einverstanden? Oder sagen wir hundertfünfzig? Oder wie hoch ist Ihr Stundensatz sonst? Sie haben doch einen Führerschein, oder?"

Und so schlüpfte Thorsten durch eine Tür, die sich

unvermittelt für ihn geöffnet hatte, hinter das Steuer der einzigen Stretchlimousine der Stadt. Susannes Horoskop hatte irgendwie recht, dachte er verwundert. Aber er vergaß den Gedanken gleich wieder, denn er war viel zu sehr damit beschäftigt, begeistert zu sein. Er fand es wundervoll, eine ewig lange Limousine mit sechs Türen zu fahren.

Robert Assling hatte ein dunkelgraues Jackett aus dem verbeulten Kofferraum der Limousine gezaubert. „Bitte tragen Sie das vor den Gästen. Zu dem, was Sie anhaben, muss das heute als Arbeitsuniform genügen."

Das hatte Thorsten dann doch ein bisschen befremdet.

„Werden sie sich über eine verbeulte Limousine nicht mehr wundern als über einen Chauffeur ohne Uniform?", fragte er.

„Nein, Herr Spieß. Die beiden werden das Heck nicht sehen, die Limousine ist lang genug. Sie fahren so vor das Hotel, dass die beiden von vorne darauf zu laufen, Sie nehmen ihnen das Gepäck ab, ich halte ihnen die Tür auf und stelle mich so daneben, dass sie das Heck nicht sehen. Wenn wir anhalten, springen Sie raus, öffnen ihnen die Tür und verstellen die Sicht nach hinten, während ich sie nach vorne lotse. Beim Shoppen und am Flughafen werden wir's genauso halten. Danach fahren wir den Wagen sofort in die Werkstatt. Mit einer zerbeulten Luxuskarosse herumfahren, damit ruiniert man sich sofort den Ruf, da haben Sie natürlich recht."

Thorsten Spieß und die Stretchlimousine verstanden sich auf Anhieb, genauso wie Thorsten Spieß und Robert Assling.

„Ein Arsch und ein Spießer! Na, das passt ...", grinste Assling auf dem Weg zum Hotel.

„Wie bitte?", fragte Thorsten.

„Wissen Sie, meine Familie hieß ursprünglich As, mit einfachem S, ein schöner französischer Name. Zwischen den Weltkriegen ist sie nach Deutschland emigriert. Hiesige Beamte verpassten uns den Namen Ass, mit Doppel-S, sie deutschten uns einfach ein. Als ich mit meinem Bruder das Unternehmen gründete, beantragten wir Namensänderung. Wenn man internationale Geschäfte machen will, landet man mit dem Namen nicht. Nach dem Motto: *Mit dem Arsch mache ich keine Geschäfte.* Der Sachbearbeiter im Standesamt konnte anscheinend kein Englisch und lehnte den Antrag ab. Natürlich haben wir uns am Ende doch noch gegen die Bürokraten durchgesetzt, aber es kostete Zeit, Geld und unnötigen Ärger. Es hätte auch einfacher gehen können."

„Wie heißt eigentlich ihr Unternehmen?", erkundigte sich Thorsten.

„Oh, wie nachlässig, dass ich das noch nicht erwähnt habe. As & As. Beim Firmennamen sind wir zu unserem ursprünglichen Familiennamen zurückgekehrt."

„Und Ihr Bruder ist Mitinhaber der Firma? Dann hätten Sie auch eine stilisierte Herz-As-Karte als Logo verwenden können. Zwei Herz-Ase, gespiegelt, für Sie eine und für Ihren Bruder eine."

„Hey, das ist ja eine super Idee! Damit hätte ich mich vom Arsch direkt zum Herz-As gewandelt, welch ein Karrieresprung! Herr Spieß, warum kannte ich Sie vor zehn Jahren noch nicht, als ich das Unternehmen gegründet habe! Sind Sie in der Werbebranche tätig?", fragte Assling.

„Nicht direkt", wich Thorsten aus. Und damit wusste er zwar noch nichts über As & As, war aber am ersten Ziel angekommen: Das Hotel, in dem bis dato ein indisches Ehepaar logiert hatte.

„Eine Stretchlimousine für zwei Personen? Pardon, für

drei, mit Ihnen?", wunderte sich Thorsten.

„Ich erwarte mir sehr einträgliche Geschäfte mit dem Herrn", schmunzelte Robert Assling. „Da kann man schon mal mit ein bisschen Luxus in Vorleistung gehen ..."

Im Laufe der nächsten zweieinhalb Stunden erlebte Thorsten eindrücklich, was Robert Assling meinte: Er beobachtete, wie sich ein korrekt-zurückhaltendes, wenn nicht gar verstocktes indisches Ehepaar undefinierbaren Alters in ein ausgelassenes junges Paar verwandelte, dem der Abschied sichtlich schwerfiel. Ohne dass sie vom zerbeulten Heck der Stretchlimousine Notiz genommen hätten. Im Flughafen – Thorsten schob den Gepäckwagen – bestanden die beiden darauf, noch vor dem Check-in einen Souvenirladen aufzusuchen. Sie kamen mit einer Flasche edlen Whiskeys für Robert Assling und einer Schachtel Pralinen für seinen vermeintlichen Chauffeur wieder heraus.

Die Werkstatt, in die Thorsten die Stretchlimousine steuerte, gehörte natürlich zum Firmengelände der As & As GmbH. Die As & As GmbH lag fußläufig gerade mal fünfzehn Minuten von Thorstens Wohnung entfernt. Als Assling Thorsten fragte, ob er ihn nun zur Abwechslung in seinem Porsche chauffieren dürfe, lehnte Thorsten ab. Der Fußmarsch werde ihm guttun.

Zum Abschied gab der Geschäftsmann ihm drei Dinge: Hundertfünfzig Euro in bar, seine Visitenkarte und einen Händedruck. Er hatte nicht versäumt, Thorstens Telefonnummer zu speichern.

Als Thorsten nach Hause kam, fand er einen Zettel auf dem Küchentisch: *Bin bei Birgit. Kann spät werden.*

Als Thorsten ins Bett ging, drehte er den Zettel um, schrieb darauf *für Dich* und legte ihn auf die Pralinen-schachtel.

Am besten in der Natur

Als er morgens erwachte, hatte er ein Déjà-vu. Auch an diesem Morgen wunderte er sich als erstes nur darüber, dass die Sonne ihn an der Nase kitzelte. Er erwachte mit einem Lächeln, und die Sonne lächelte zurück. Sie leuchtete das Schlafzimmer dermaßen konturscharf und hell aus, dass er sich fragte, was sie ihm zeigen wolle. Alles schien normal. Zu normal. Normaler noch als sonst. Ja, geradezu übertrieben normal. Sieh hin, schien die Sonne ihm zu sagen, aber er sah nur sein gewohntes Schlafzimmer. Susanne sah er nicht, aber das war ja normal ... Und da war es, das Déjà-vu. Nicht die unbestimmte Vorahnung vom Vortag, dass dieser Tag sein Leben verändern würde, spiegelte sich in diesem Déjà-vu. Nein, es war eine andere Erinnerung, die ihn beschlich. Das Déjà-vu packte ihn mit solcher Gewalt, dass ihm der Atem stockte. Es sog ihn in einen Zeitstrudel und spuckte ihn einige Jahre zuvor wieder aus. Zu einer Zeit, als es noch ein festes Morgenritual gab: Als Susanne sich aus dem Bett geschlichen hatte, um Kaffee aufzusetzen, um die Kerze anzuzünden, die zum Frühstück immer brannte, um den Tisch zu decken und sich zu duschen. Zu einer Zeit, als Susanne munter und gut gelaunt war, wenn er noch im Pyjama, aber mit der Zeitung gewappnet, in der Küche ankam. Zu einer Zeit, als ihm seine Nase sagte, wann er aufstehen musste. Zu einer Zeit, als sie beide noch ein geregeltes Leben und eine glückliche Beziehung führten. Das war sein Déjà-vu. Auslöser: der Duft! Der gemischte Duft von Kaffee, Duftkerze und Duschgel! Thorsten sog genüsslich die Luft ein, die für eine Vergangenheit stand, die wunderschön und unwiederbringlich verloren war. Alles in ihm klammerte sich an diese Erinnerung. Als das Déjà-vu langsam verflog, hatte es ihm ein Geschenk zurückgelassen: Ein Fünkchen Hoffnung, dass dieser Tag unter einem guten Vorzeichen stand. Die Sonne lächelte durchs Fenster, und Thorsten hörte auf den Befehl seiner Nase, die ihm sagte, dass er jetzt aufstehen müsse. Er schlüpfte in Schlappen und Morgenmantel, holte die Zeitung herein und schlich neugierig in die Küche.

Tatsächlich: Das Frühstück war bereitet, die Kerze brannte, Susanne stand geduscht und im Morgenmantel an der Anrichte und zog die Kaffeekanne aus der Maschine. Alles war bereit, der Tag konnte beginnen. Es war genauso wie früher. Thorsten wartete, bis Susanne saß, drückte ihr einen Kuss auf die Stirn, einen Kuss voller zärtlicher Dankbarkeit, und ließ sich ihr gegenüber am Tisch nieder. Er fühlte einen Kloß im Hals, so glücklich war er.

„Was ist?", wunderte sich Susanne.

„Nichts", behauptete Thorsten und zog sich lächelnd in seine Zeitung zurück. Zumindest tat er so. Was war geschehen?, überlegte er. Was war der Grund, dass Susanne so viel Elan besaß und sich nicht, wie mittlerweile üblich, morgens gehen ließ? Abwarten, dachte er. Und er lächelte weiter und trank seinen Kaffee.

Susanne legte nach wenigen Minuten die Zeitung nieder und sah ihn versonnen an. Thorsten lächelte ihr aufmunternd zu und las weiter. Susanne griff nach ihrem Notizblock, legte ihn vor sich auf die Zeitung und begann zu schreiben.

Nun legte auch Thorsten die Zeitung nieder. Er beobachtete sie eine Weile. „Was schreibst Du da?"

Susanne sah kurz auf, griff nach Thorstens Kaffeetasse, vergewisserte sich, dass sie bereits leer war und stellte sie wieder auf ihren Platz.

„Gehst Du mal bitte duschen?", sagte sie. „Ich muss mich konzentrieren."

Lang brauchte er nicht unter der Dusche. Er brauchte gerade so lange, dass er sich ausgiebig wundern konnte. Über die gestrigen Ereignisse, die er revue passieren ließ, genauso wie über Susanne, die so gut gelaunt schien wie seit Jahren nicht mehr. Und das, obwohl sie noch gar nicht wusste, was gestern geschehen war. Sollte er es ihr erzählen? Irgendetwas schien sie vorzuhaben. Jedenfalls war sie schon lange nicht mehr fertig geduscht am Frühstückstisch erschienen, so wie damals, als sie beide noch Arbeit hatten.

Als Thorsten ins Schlafzimmer ging, um sich anzukleiden, stellte er erfreut fest, dass inzwischen sogar das Bett schon gemacht war. Als er in die Küche zurückkam, war auch Susanne schon angezogen und damit beschäftigt, das Frühstück abzuräumen. Sie wies zu dem Zettel, der auf dem Esstisch lag.

„Da, für Dich", sagte sie.

Thorsten las:

Lieber Thorsten, grämen Sie sich nicht, wenn Sie das Gefühl haben, auf der Stelle zu treten. Sie können heute nichts erreichen. Solche Tage gehen auch vorbei. Wenn Sie aber akzeptieren, dass heute Windstille herrscht, kann das ein sehr glücklicher Tag werden: Sie können ihn getrost genießen und Kraft schöpfen, ohne sich dabei Gedanken zu machen. Verbringen Sie ihn mit Ihrer Liebsten in größtmöglicher Harmonie, am besten in der Natur. Es wird Ihnen und Ihrer Beziehung guttun.

Thorsten lachte. „Schreibst Du mir jetzt jeden Tag ein Horoskop?"

„Vielleicht. Warum nicht."

„Du willst einen Ausflug machen?"

„Erinnerst Du Dich noch an den See, den wir früher so geliebt haben?", fragte sie.

„Susanne, wir haben kein Auto mehr."

„Mit Zug und Bus brauchen wir nur eineinviertel Stunden", erklärte sie. „Den Rest können wir laufen. Und am See setzen wir uns zum Mittagessen in den Biergarten. Ich finde, das sollten wir uns mal wieder gönnen." Ihre Augen leuchteten.

Thorsten nickte langsam. „Ja, das machen wir."

Im Zug redete fast ausschließlich Susanne. Sie erzählte von ihrem Abend mit Birgit, erleichtert darüber, dass sie die Differenzen mit ihrer Schwester endlich aus der Welt geschafft hatte. Sie schwärmte von ihrem kleinen Neffen, der sie noch immer *Dadde Sanne* nannte, obwohl er inzwischen schon richtig sprechen konnte. Sie war eben immer Dadde Sanne gewesen.

Auch im Bus redete fast ausschließlich Susanne. Sie erzählte von ihrem Schwager, von seinem Ärger in der Arbeit und seinen vergeblichen Bemühungen, den Job zu wechseln. Sie diskutierte die Frage, weshalb jemand wie ihr Schwager, der hochqualifiziert, engagiert und erfolgreich war, die Vierzig noch nicht überschritten und die besten Referenzen hatte, weshalb so jemand keinen neuen Job finde.

„Wir erziehen uns eine Gesellschaft von Jasagern heran", lautete ihr Urteil. „Eine Gesellschaft, in der nur diejenigen eine Chance haben, die keine eigenen Ideen haben und sich nicht mehr als notwendig einbringen wollen, die kein Interesse haben, sich über den Horizont ihres bisherigen Arbeitsgebiets hinaus fortzubilden, die sich damit zufriedengeben, irgendetwas zu arbeiten, um sich ein Überleben zu sichern, die biegbar und formbar sind und Dienst nach Vorschrift machen. Andere wie Du und ich und Michael, wir bleiben auf der Strecke. Weil wir zu hohe Ansprüche stellen. Weil wir uns einbilden, oder uns mal eingebildet haben, uns über den Beruf identifizieren zu wollen. Weil wir Erfüllung in der Arbeit suchen, weil wir unsere Ideen einbringen und umsetzen und etwas erreichen wollen. Weil wir zu kreativ und überqualifiziert sind oder in zu vielen Bereichen Erfahrungen gesammelt haben. Weil wir zu gute Referenzen und zu große Erfolge vorweisen können. Weil die, die auf dem Arbeitsmarkt die Entscheidungen treffen, Angst haben, dass wir unseren Chefs über die Köpfe wachsen könnten. Was läuft da schief, Thorsten? Was ist los mit unserer Gesellschaft? Wohin soll das alles führen?"

Aber Thorsten wusste auch keine Antwort.

Während des Fußmarsches redete Susanne nicht mehr. Sie genoss den Weg, den Wald, die Wiesen, die Maiglöckchen, die Kühe, die Sonne, den See, das Schilf, die Enten, die Luft, die Wärme, die Zweisamkeit. Und Thorsten genoss mit ihr. Sie liefen durch das Unterholz zu der kleinen Halbinsel, auf der sie früher oft gerastet hatten, setzten sich zu Füßen der dicken, alten Buche auf den warmen, feuchten Waldboden und fühlten die Sonne im Gesicht. Es war absolut windstill.

„Weißt Du, was mir gestern passiert ist", sagte Thorsten in die Stille hinein. „Ich hatte eine Begegnung mit der wahrscheinlich einzigen Stretchlimousine unserer Stadt. Die hast Du doch auch schon gesehen, oder?"

„Ja", antwortete Susanne mit geschlossenen Augen, den

Kopf im Nacken, das Gesicht in der Sonne. Schön sah sie aus. „Habe mich immer gewundert, wie ein Drogendealer oder Zuhälter so dreist sein kann, den fraglichen Erfolg seiner zwielichtigen Geschäfte dermaßen zur Schau zu stellen. Einfach widerlich."

„Sie gehört einem seriösen Geschäftsmann. Der Typ ist weder Drogendealer noch Zuhälter", erklärte Thorsten. Dabei fiel ihm auf, dass er selbst gar nichts wusste über As & As.

„Umso schlimmer. Ich finde das abartig, diese Dekadenz. Solcher Luxus geht einfach zu weit. Es gehört sich nicht. Es ist unanständig. Das passt nicht in unsere Gesellschaft."

Damit war das Gespräch beendet, und Thorsten kam auch später nicht mehr darauf zurück. Sie genossen Sauerbraten, Semmelknödel und Blaukraut im Biergarten auf der anderen Seite des Sees. Und kühles Bier dazu.

„Danke übrigens für die Pralinen", sagte Susanne „Das hast Du schon lang nicht mehr gemacht. Habe mich riesig gefreut."

Thorsten lächelte nur und senkte den Blick.

Sie genossen den Rückweg, den Wald, die Wiesen, die Maiglöckchen, die Kühe, die Sonne, die Luft, die Wärme, die Zweisamkeit. Es war ein Tag, so glücklich wie schon lange nicht mehr. Es war absolut windstill.

Reife Früchte ernten

Als er morgens erwachte, hatte er weder eine unbestimmte Vorahnung wie zwei Tage zuvor noch hatte er ein Déjàvu wie am Tag zuvor, und die Sonne kitzelte ihn auch nicht an der Nase wie an beiden Tagen zuvor. Nein. Dennoch erwachte er zum Dritten Mal in Folge mit einem Lächeln. Denn zum zweiten Mal in Folge mischten sich die Düfte von Kaffee, Duftkerze und Duschgel.

Wie immer holte er die Zeitung herein, bevor er die Küche betrat. Susanne war noch im Bad. Aber der Tisch war schon gedeckt und auf seinem Teller lag ein Zettel, der dritte in Folge:

Alles, was wir tun, hat Folgen, lieber Thorsten. Alles hat ein Nachspiel. Was wir gesät haben, kehrt irgendwann zu uns zurück. Heute ist so ein Tag, an dem Sie die reifen Früchte ernten können. Lassen Sie sie sich schmecken, genießen Sie! Heute ist ihr Glückstag! Übrigens sollten Sie sofort Ihren Kaffee trinken, sonst kommen Sie vielleicht nicht mehr dazu.

Thorsten staunte. Er schenkte Kaffee ein und ließ sich nieder.

Als Susanne aus dem Bad zurückkam, trug sie ihren Morgenmantel lose zusammengebunden, die feuchten Haare offen, und sie duftete verführerisch. Rittlings setzte sie sich auf Thorstens Schoß.

„Weißt Du, dass es Jahre her ist, dass wir einen so unbeschwerten Tag miteinander verbracht haben?", fragte sie.

„Ich dachte, das war Deine Absicht?", meinte er.

„Hmmm, wie Du duftest!"

„Wie eine reife Frucht?"

Sie zog ihn ins Schlafzimmer. Sie ließ ihm tatsächlich keine Zeit mehr zu frühstücken.

Am Nachmittag klingelte Thorstens Handy. Robert Assling fragte, wie gut Thorsten sich in der Stadt auskenne.

„Bestens. Ich finde mich blind zurecht. Ich kenne alle Straßen in allen Stadtvierteln auswendig."

„Oh!", rief Assling erfreut. „Dann sind Sie beruflich ohnehin viel mit dem Auto unterwegs? Oder kommen aus dem Logistikwesen?"

Seine Finger spielten mit dem Zettel, der noch auf dem Küchentisch lag. Der Zettel, auf den Susanne ihm, bevor sie ihm ihre Verführungskünste gezeigt hatte, zum dritten Mal ein erfundenes Horoskop geschrieben hatte ... *Alles hat ein Nachspiel. Was wir gesät haben, kehrt irgendwann zu uns zurück. Heute ist so ein Tag, an dem Sie die reifen Früchte ernten können ...* Ich wusste gar nicht, wie nützlich es sein würde, dass ich die letzten zwei Jahre jeden Tag zu Fuß in der ganzen Stadt unterwegs war, dachte Thorsten. Ja, alles macht irgendwann einen Sinn.

„Nein", antwortete er vage, „eigentlich nicht."

Assling lachte. „Alles, was ich bisher von Ihnen weiß, ist, dass Sie weder aus der Werbebranche kommen, obwohl Sie sehr kreativ sind, noch mit Logistik zu tun haben oder als Fahrer oder Chauffeur tätig sind, obwohl Sie einen ausgeprägten Orientierungssinn und vorzügliche Ortskenntnis besitzen", fasste er zusammen. „Und doch sind Sie dienstleistungsorientiert und haben eine gute Beobachtungsgabe. Außerdem scheinen Sie ein sehr unregelmäßiges Berufsleben zu führen. Habe ich recht?"

„Oh, eine gute Beobachtungsgabe haben wohl auch Sie. Allerdings scheint sie Ihnen bisher mehr beruflichen

Erfolg eingebracht zu haben als mir", konterte Thorsten.

„Heißt das, Sie suchen einen Job?"

„Ja."

„Mein Chauffeur wird wohl noch ein paar Wochen krankgeschrieben sein. Es ist unsicher, wie lang das dauert, und leider habe ich derzeit keinen Ersatz. Ich kann Ihnen also keinen festen Vertrag anbieten. Aber wir könnten ein Arrangement treffen, dass wir stundenweise abrechnen. Wenn Sie einverstanden sind?"

„Ich bin mir sicher, dass wir uns einigen", sagte Thorsten. „Sofern mir das Arbeitslosengeld nicht gestrichen wird, sobald Ihr Chauffeur wieder einsatzfähig ist."

„Die Personalabteilung wird schon einen Weg finden", versicherte Assling. „Jedenfalls müssen wir Sie anmelden vor der Tour nächste Woche. Sonst reicht schon ein Kratzer, und wir haben ein Problem mit der Versicherung."

„Nächste Woche brauchen Sie mich schon?", staunte Thorsten.

Robert Assling erklärte, dass die Stadtverwaltung ihn um seine Unterstützung gebeten habe. Am kommenden Montag erwarte man eine internationale Wirtschaftsdelegation. Geplant seien ein offizieller Empfang, eine Stadtführung und Firmenbesichtigungen. Da er seine Stretchlimousine zur Verfügung stelle, würde man sich für den Besuch bei As & As natürlich besonders viel Zeit nehmen.

„Ist die Stretchlimousine bis dahin denn schon repariert?", fragte Thorsten.

„Meine Mechaniker arbeiten auf Hochtouren. Kommen Sie morgen um sechzehn Uhr in mein Büro?"

Eine reife Frucht, dachte Thorsten, als er auflegte. Eine sehr reife Frucht. Hoffentlich schmeckt sie so gut, wie sie aussieht.

„Führst Du heimliche Telefonate?", fragte Susanne.

Thorsten zuckte zusammen.

Susanne stand in der Tür.

„Was?", fragte Thorsten.

„Du hast mich schon richtig verstanden. Führst Du heimliche Telefonate?"

„Nein! Ich habe ... Ich habe ein Jobangebot ..."

„Ein was?" Susanne schrie fast. Sie stand noch immer in der Tür, mit großen Augen und verschränkten Armen.

„Ein Job ... Als Chauffeur."

„Pffff!", machte Susanne verächtlich. „Ist das schon wieder ein Scherz vom Arbeitsamt? Lass mich raten: Ganztags, für noch weniger Geld, als Du jetzt schon kriegst?"

„Über den Lohn haben wir noch gar nicht gesprochen", erklärte Thorsten. „Aber es ist sowieso nur für kurze Zeit befristet."

„Du nimmst das auch noch ernst?", empörte sich Susanne. „Du willst wirklich als Chauffeur ...?"

Abrupt drehte sie sich um und eilte davon. Eine Tür knallte.

Thorsten wusste, womit sie den Abend verbringen würde: Susanne würde sich in ihr Zimmer verkriechen und an dem Bild weitermalen, das sie vor Tagen begonnen hatte. Ihre Bilder waren düster und bedrückend – Thorsten stimmten sie jedesmal traurig, wenn er sie betrachtete. Überhaupt verstand er seine Frau schon lange nicht mehr. Ihre Launen wurden immer rätselhafter.

Glückstag? Fragte er sich. Seltsamer Glückstag, wenn er so enden sollte.

Das Leben ist nur ein Spiel

Als er morgens erwachte, hatte er weder eine unbestimmte Vorahnung wie drei Tage zuvor oder ein Déjà-vu wie zwei Tage zuvor noch erwachte er mit einem Lächeln. Die Sonne hatte sich hinter einer undurchdringbar dicken, dunklen Wolkenwand verschanzt, und der gemischte Duft von Kaffee, Duftkerze und Duschgel blieb aus. Es roch nach Kaffee allein, und das hieß, dass Susanne den Auftrieb der vergangenen zwei Tage wieder verloren hatte. Selbst der Flieder schickte nicht seinen herrlichen Duft von draußen herein; er musste sich demotiviert unter dem Fenster verkrochen haben. Seufzend schlug Thorsten die Bettdecke zur Seite und schälte sich aus dem Bett.

Beim Frühstück redete Susanne kaum ein Wort, sie wirkte sehr nachdenklich. Auf das Zeitunglesen konnte sich Thorsten nicht konzentrieren, weil auch er nachdachte. Er kaute auf einer sinnlosen Frage herum, die er sich nicht beantworten konnte: Wo ist der Haken? Die Anekdote mit der Stretchlimousine wirkte auf ihn so absurd, so irreal, dass er sich fragte, ob er sie tatsächlich erlebt hatte. Seine Vernunft wollte abstreiten, dass er, Thorsten Spieß, sich einfach von einem dahergelaufenen Anzugträger hatte bequatschen lassen, dass er sich ans Steuer eines Wagens – noch dazu einer Stretchlimousine – eines Wildfremden gesetzt hatte, andere Wildfremde durch die Gegend kutschiert und dafür hundertfünfzig Euro erhalten hatte. Das widersprach jeder Vernunft. Das zu tun widersprach jeder Vernunft, und es getan zu haben, erst recht. Dass Robert Assling ihm daraufhin ein Angebot machen wollte, dass sich diese seltsame Geschichte fortsetzen würde, konnte er schlichtweg nicht glauben. War das tatsächlich eine Chance, die sich ihm da auftat? Wo war der Haken? Meinte Assling es ernst, oder würde er sein Angebot zurücknehmen? Aber hatte es nicht so geklungen, als würde Assling seine Hilfe benötigen? Wo lag der Haken? Und weshalb war er, Thorsten, so skeptisch? Er würde ja sehen, was sich am Nachmittag bei As & As ergäbe.

„Hm?", machte Susanne. Thorsten musste sie die ganze Zeit angestarrt haben. Er schüttelte den Kopf und nahm reflexartig einen Schluck Kaffee.

„Weißt Du ...", begann er zögerlich. Aber Susanne runzelte nur die Stirn und blätterte umständlich die Zeitung um. Vielleicht war es besser, wenn er ihr jetzt noch nichts erzählte. Sie würde nur verächtlich schnauben. Und entweder würde sie es dabei belassen, oder sie würde alles zer- und schlechtreden, würde wild spekulieren, Assling als einen Kriminellen darstellen und ihm unlautere Motive unterstellen. Er, Thorsten, würde ihn in Schutz nehmen, dabei kannte er ihn noch nicht einmal richtig, er würde sich selbst verteidigen und darstellen müssen, weshalb er tatsächlich zum vereinbarten Treffen gehen wolle. Auf eine solche Diskussion hatte er keine Lust. Er brauchte motivierende, positive Worte, aber solche waren von Susanne nicht zu erwarten. Sie hatte zu viele Enttäuschungen erlebt, um darauf zu hoffen, dass einer von beiden noch einmal ein seriöses Jobangebot bekäme, ohne erniedrigt oder ausgebeutet zu werden. Thorsten nahm noch einen Schluck Kaffee und versuchte sich auf die Zeitung zu konzentrieren.

Susanne konzentrierte sich auf die Überschriften: *War alles nur ein böser Traum? – Spielball der Energiewirtschaft – Die*

Illusion der Transparenz –Unsicherheit auf dem Spielfeld der internationalen Politik – Rückzug in die Unbeschwertheit.

Susanne kaute auf ihrem Bleistift. Sie schrieb:

> *Das Leben ist nur ein Spiel, lieber Thorsten. Nehmen Sie's nicht allzu ernst. Es spielt ohnehin jeder nach seinen eigenen Regeln. Spielen Sie einfach mit. Mit dieser Einstellung wird es Ihnen heute leichtfallen, beschwingten Schrittes durchs Leben zu gehen und auf die Überraschungen, die es bietet, zu reagieren. Sie werden staunen.*

Sie ließ den Stift fallen, stand auf, meinte: „Ich geh jetzt wieder ins Bett, verkrieche mich in mein Buch. Will diese Welt erst wieder betreten, wenn die Sonne scheint."

„Das kann dauern", seufzte Thorsten.

Sie zuckte mit den Schultern und ging, ließ ihn und die Reste des Frühstücks, die Zeitung und den Notizblock zurück.

Als Thorsten bei As & As ankam, war er erstaunt. Erstens, weil er drei Tage zuvor das Augenfälligste übersehen hatte: Auf dem riesigen Firmengelände standen unzählige Lkws, Sattelschlepper, Container und Transporter. *Wir führen Sie zum Ziel* lautete der Slogan unter dem Firmenlogo. Da die Tore offenstanden, nahm Thorsten nun die auf Lkws ausgerichtete Kfz-Werkstatt wahr, gleichwohl die Tankstelle. As & As war ganz offensichtlich eine Spedition. Das dominierende Gebäude war jedoch nicht die Halle noch das vierstöckige Bürogebäude mit dem repräsentativen Eingang oder das runde Pavillon – offenbar die Kantine – mit dem Biergarten in der kleinen Parkanlage. Es war ein riesiger Glaswürfel, der mit seinen mosaikhaften Farbfacetten alles andere überragte. Erst wenn man genauer hinsah, löste sich der Eindruck der glatten bunten

Glasoberfläche auf und der Würfel bekam Struktur. Da wurden Rampen, Aufzüge, Hebebühnen und Tore sichtbar. *Wir haben Raum für Sie* stand in großer Schrift auf dem Würfel, der sich wohl aus Lagerräumen der unterschiedlichsten Größen zusammensetzte.

Zweitens war Thorsten erstaunt, als die Dame am Empfang ihm sprichwörtlich um den Hals fiel.

„Aaaah, der neue Kollege", rief sie, als sie im Aufstehen schwungvoll den Drehstuhl nach hinten schob und um die Theke herum Thorsten entgegenstürmte. Sie heiße Jasmin, erklärte sie, und ihre Aufgabe sei es, alle willkommen zu heißen, Kunden wie neue Kollegen. Sie illustrierte ihre Worte mit einem Lächeln, das etwas anzüglich, aber nicht unsympathisch wirkte, ihre vollen dunklen Locken wippten dazu, und der Duft, der von ihr ausging, kitzelte Thorsten in der Nase. Sie legte ihren Kopf schief und betrachtete ihn, viel zu lange, bis Thorsten peinlich berührt den Blick senkte. Seine Arme hingen, weil er nicht wusste, wohin damit. Er rang nach Worten, aber ihm fiel nichts ein.

Genauso überraschend, wie sie auf ihn zugestürmt war, wirbelte Jasmin herum, um Robert Assling oder sonstwem telefonisch zu verkünden, dass der neue Chauffeur soeben das Haus betreten habe. Alles an dieser Frau war blumig: Der Name, das Parfum, die Kleidung, der Arbeitsplatz. Ihre Kleidung war elegant, aber verspielt, um sie herum standen Blumentöpfe mit Jasmin, Orchideen und anderen Pflanzen, alle zeigten sie die buntesten Farben und die filigransten Blüten. Seitlich der Theke stand ein großer Stock hellrosa Rosen, Jasmins Schuhe waren hochhackig und zeigten Blumenwiesenmuster und selbst ihre Stimme war irgendwie ... blumig.

„So schüchtern?", grinste sie nach dem kurzen Telefongespräch.

„Wenn ich eine Biene wäre", antwortete Thorsten, „wüsste ich gar nicht, wo ich mich hier zuerst niederlassen sollte."

Jasmin strahlte, wandte sich ihren Pflanzen zu und lobte sie. Sie sprach mit ihnen wie mit einem Hund, dem sie gleich ein Leckerli geben würde. Thorsten aber dachte, er würde sich als Biene viel lieber in ihrem Haar oder auf ichrer Schulter niederlassen. Oder auf ihrer schmalen Hand ...

Wenn er Fragen habe oder sich auf dem Gelände umsehen wolle, könne er jederzeit zu ihr kommen, erklärte Jasmin auf dem Weg zur Chefetage. Sie zeige ihm gerne die Firma, ja, sie bitte darum, schließlich sei das ihre Aufgabe, alle willkommen zu heißen, Kunden wie neue Kollegen, und sie wolle, dass er sich nicht nur hinter dem Steuer des luxuriösesten Wagens der Stadt zuhause fühle.

Drittens war Thorsten erstaunt, als er Robert Asslings Bruder erblickte. Stefan Assling war etwas rundlicher als sein Bruder, hatte weichere Gesichtszüge, tiefe Lachfalten, war etwas legerer gekleidet – und vor allem saß er im Rollstuhl.

Robert Assling gab ihm beinahe kumpelhaft die Hand, Stefan Assling strahlte über das ganze Gesicht. Er wirkte sympathisch. Sein Alter war undefinierbar.

„Mein Bruder hat schon viel von Ihnen erzählt", rief er fröhlich. „Nun lüften Sie schon das Geheimnis. Was sind Sie von Beruf?"

Er sei Wirtschaftspsychologe, erklärte Thorsten, und komme ursprünglich aus der Marktforschung. Er erzählte, wie das Marktforschungsinstitut, für das er gearbeitet hatte, in zweiter Generation neue Märkte erschlossen habe – daran sei er selbst nicht ganz unbeteiligt gewesen. Er habe erlebt, wie dann der Sohn des Inhabers die Geschäfte übernommen und sich das Blatt gewendet hatte. Um die Firma zu retten, sei er schließlich doch noch an die Börse gegangen – sehr zum Unmut seiner Familie, und auch die neue Vorstandsriege, zu der Thorsten nun gehört hatte, litt an Bauchschmerzen. Schließlich wurde das Unternehmen, das zu Hochzeiten achtzig Mitarbeiter gezählt hatte, von einem größeren geschluckt. Ein Jahr später wurde der Standort geschlossen und der gesamte Personalstab entlassen.

Die Brüder Assling hörten aufmerksam zu. Eine unscheinbare Sekretärin, als Diana Ambros vorgestellt, brachte lautlos den Kaffee.

Damals war er zum ersten Mal arbeitslos gewesen, berichtete Thorsten weiter. Er bewarb sich in Marketingabteilungen verschiedener Firmen, wurde zu ein paar Vorstellungsgesprächen eingeladen, dann aber als überqualifiziert abgelehnt. Nach einem Dreivierteljahr gab er dem Drängen eines Freundes nach, mit ihm zusammen eine eigene Firma zu gründen. Der Freund war Maschinenbauer, angestellt in einem größeren Unternehmen, und hatte eine vielversprechende Erfindung gemacht. Damit wollte er auf den Markt, brauchte aber einen Strategen, einen Marketingexperten an seiner Seite. Thorsten brachte den Rest seiner Abfindung in das Unternehmen mit ein, der Freund und die Bank gaben den Rest. Drei Monate später nahmen sie die Geschäfte auf, sie stellten drei Mitarbeiter ein. Leider gab es zwischen ihm und seinem Partner bald Unstimmigkeiten, die unüberbrückbar wurden. Darunter litten die Bilanzen, und es gelang ihm, sich aus dem Geschäft zurückzuziehen. Während Thorsten versuchte, als freiberuflicher Wirtschaftscoach Fuß zu fassen, konnte der Freund seine Firma noch eine Weile am Leben erhalten, bevor er Insolvenz anmeldete. Thorsten lebte vom Coaching mehr schlecht als recht, schließlich gab er es auf und meldete sich arbeitslos. Auf dem Arbeitsmarkt galt er seither als unvermittelbar.

Die Brüder Assling blickten ihn lange an. Robert Asslings Mine war undurchschaubar, Stefan Assling nickte langsam vor sich hin. „Eine Kämpfernatur", stellte er fest, „eine gescheiterte."

Die As & As GmbH, erklärte dieser nun, habe in dreiundneunzig Ländern Niederlassungen und beschäftige fast fünftausend Mitarbeiter. Sie transportierten alles, von privatem Umzugsgut über Textilien, Lebensmitteln und Elektronik bis hin zu Fertighäusern, Pipeline-Rohren, Mega-Maschinen und Turbinen. Ihre Stärke liege in ihrer globalen Vernetzung ebenso wie in Speziallösungen. Der überdimensionale, bunte Glaswürfel, erfuhr Thorsten, beherberge Lagerräume variabler Größe, die man günstig an Privatkunden vermiete. An nahezu allen Standorten stehe solch ein Würfel. Das sei zwar nur ein Nebengeschäft und nicht besonders ertragreich, diene aber als augenfälliges Aushängeschild des Unternehmens an prominenten Plätzen von nahezu neunzig Städten weltweit. Thorsten staunte.

Die Stretchlimousine komme zum Einsatz, erklärte der Mann im Rollstuhl weiter, wann immer ein Kunde – ein Großkunde natürlich oder ein potenzieller Großkunde – in der Stadt sei. Sei es zu Vertragsverhandlungen mit As & As, sei es, dass der Kunde nur zu einem Messebesuch vor Ort sei. Man kutschiere den Kunden dann gern mit der Stretchlimousine durch die Stadt und gehe mit ihm essen, erläuterte Robert Assling. Für manche Kunden, aus Fernost zum Beispiel, würde man bei solchen Gelegenheiten nicht mit Kosten sparen und gern einen Begleitservice organisieren. Das habe sich als ein gutes Mittel zur Kundenbindung erwiesen. Ob er, Thorsten Spieß, ein Problem damit habe? Thorsten hob die Hände. „Verschiedene Kulturen, verschiedene Sitten", lachte er.

Das Unternehmen beschäftige unzählige Fahrer, räumte Thorsten ein. Weshalb man nicht einen aus den eigenen Reihen für die Stretchlimousine abstelle, bis der Chauffeur genesen sei?

Ein Chauffeur und ein Lkw-Fahrer hätten völlig unterschiedliche Qualifikationen, erklärte Robert Assling. Ein Lkw-Fahrer, der schnell und sicher Waren transportiere, müsse weder ein gepflegtes Äußeres noch gepflegte Umgangsformen haben, müsse seine „Ware" nicht weiter betreuen und keinen Smalltalk mit ihr führen. Gefragt sei bei einem Chauffeur eine Sozialkompetenz, die ein Lkw-Fahrer nicht unbedingt mitbringe. „Und bei Ihren Marktkenntnissen", schloss Assling, „wird es an Themen nicht fehlen, wenn der Kunde das Gespräch sucht."

Ob er denn bereit sei, den Chauffeur eine Weile zu ersetzen?

Natürlich, antwortete Thorsten, natürlich. Er sei dankbar für eine Aufgabe, und die Probefahrt habe ihm durchaus Spaß gemacht. Natürlich.

Die Brüder Assling nickten sich fast unmerklich zu, Robert Assling verabschiedete sich, er müsse zu einer anderen Besprechung, man sehe sich am Montag um zehn Uhr.

Sein Bruder schwang seinen Rollstuhl herum, um das Telefon auf dem Schreibtisch zu erreichen. Er ließ den Personalchef kommen.

Ob er seine Hutgröße kenne, fragte der verbliebene Assling. Thorsten verneinte. Stefan Assling schwang erneut seinen Rollstuhl herum, um der unscheinbaren Sekretärin aufzutragen ein Maßband zu bringen und Thorstens Kopf zu vermessen. Man werde schnellstmöglich eine Chauffeursmütze mit Firmenlogo für Thorsten anfertigen lassen. Abgesehen davon möge Thorsten bitte mit dunklem Anzug, weißem Hemd – alles einfarbig, ohne Muster – und unauffälliger Krawatte zur Arbeit erscheinen.

Ein Vertrag war schnell ausgehandelt. Erst mal für die Dauer von zwei Monaten; man wisse ja nicht, wie lange man Thorstens Dienste tatsächlich benötige. Thorsten staunte über den Stundensatz, den man ihm zugestand. Er hatte in den vergangenen fünf Jahren diverse Aushilfsjobs annehmen müssen, auf Messeständen und Weihnachtsmärkten, in Callcentern und beim Konzertkartenverkauf, aber über die zehn Euro Nettostundenlohn war er nie hinausgekommen.

Der Personaler verschwand eilig. Morgen habe er einen Urlaubstag, er wolle den Vertrag noch schnell fertigmachen, damit er am Montagmorgen zur Unterschrift bereitliege, bevor man losfahre, um die Wirtschaftsdelegation abzuholen.

Als Thorsten nach insgesamt eineinhalb Stunden das Gebäude verließ, fühlte er sich wie betäubt. Eine dumpfe Freude stieg langsam ihn ihm auf, der er noch nicht ganz trauen wollte. Er ging nicht auf direktem Weg nach Hause, sondern lief in die andere Richtung, vorbei an dem Autohaus, das seine neuen Modelle alle in demselben matten Schwarz präsentierte, vorbei an dem Blumenhändler, der jeden Montagnachmittag seine zwei Schaufenster neu dekorierte, weiter durch die Straße, in deren Erdgeschosswohnungen fast überall Katzen wohnten – dort folgten einem immer mehrere Paare gleichgültiger Katzenaugen von Fenstersimsen herab die Straße hinunter.

Von weitem schon nahm er die demente alte Dame wahr, die sich mal wieder in einem fremden Stadtviertel verirrt hatte und nicht wusste, wo sie wohnte. Aber Thorsten wusste es, und noch ehe er sie erreichte, hatte er schon die Stationsschwester des Seniorenheims verständigt. Ja, er habe sie vor dem Friseursalon Sieglinde in der Neustädter Straße angetroffen, ja, er werde jetzt mit ihr dort hineingehen und warten, und noch mal ja, er werde bei der alten Dame bleiben und auf sie aufpassen, bis jemand käme, um sie abzuholen.

So zog er sie in den Salon, erklärte der erstaunten Friseurin freundlich wieso und weshalb und fragte höflich, ob man ihnen Unterschlupf gewähre. Die alte Dame ließ sich vor einem großen Friseurspiegel nieder, blätterte aufgeregt in den Katalogen und verkündete laut und bestimmt, dass sie genau diese Frisur haben wolle, hier, wie in diesem Katalog. Aufgeregt blätterte sie weiter und hielt Thorsten einen anderen Katalog unter die Nase. „Hier, und diese Haarfarbe will ich haben! Ist die nicht schön?"

Mit großen, flehenden Augen sah sie ihn an.

„Mal sehen, was sich machen lässt", erwiderte Thorsten zögernd. „Ich weiß nicht, ob die Damen noch Zeit haben für eine Färbung. Die wollen demnächst den Salon schließen, es ist schon spät." Er war sich sicher, dass die Alte ihren Wunsch gleich wieder vergessen würde.

Sie sah in an, musterte ihn eindringlich.

Thorsten wusste, was nun kommen würde. Ja Erich, würde sie gleich ausrufen, Du bist es!

Erkennen blitzte in ihren Augen.

„Ja Erich!", rief sie begeistert, „Du bist es!"

Thorsten hatte keine Ahnung, wer Erich war und warum sie ihn Erich nannte. Aber er ließ die Umarmung, die dann folgte, ebenso wie das Wangentätscheln, jedesmal geduldig über sich ergehen.

Zehn Minuten später fuhr der weiße Seat der Stations-schwester vor und hielt in zweiter Reihe.

„Ich brauche neue Winterstiefel", sagte die alte Dame, als sie sanft in den Wagen geschoben wurde. „Halten wir noch bei einem Schuhgeschäft?"

„Es ist doch Mai", erwiderte die Schwester. „Jetzt kommt erst mal der Sommer."

„Bringen Sie mich dann zum Friseur?", forderte die alte Dame. „Ich brauche dringend eine neue Haarfarbe."

Thorsten lief weiter, in Richtung Altstadt, in verschlungenen Wegen durch sie hindurch, bis zum anderen Ende der Stadt, begegnete dem Gemüsehändler, der jederzeit Aufheiterung benötigte, beim Zusammenräumen seiner Ware, erzählte ihm einen Witz aus seinem unerschöpflichen Repertoire und ließ sich dafür einen Apfel schenken. Er beschloss, dass er für diesen Tag genug Gutes getan habe, und machte sich langsam auf den Rückweg. Auf der Bank vor der Stadtmauer, dort, wo er vor drei Tagen den Unfall beobachtet hatte, in den die einzige Stretchlimousine der Stadt, ein roter Corsa und beinahe ein Kind verwickelt gewesen waren, ließ er sich nieder und aß den Apfel. Keine Taube war in Sicht und auch keine Katze. Thorsten saß einfach nur da, dachte an nichts und beobachtete Passanten und Autos.

Als er spätabends schließlich zuhause ankam, war sein Kopf leer, das Gespräch mit Robert und Stefan Assling schien Tage zurückzuliegen. Liegend fand er auch Susanne vor: Im Wohnzimmer lief der Fernseher leise, er zeigte Bilder aus einer Unterwasserwelt mit Lebewesen, die er noch nie im Leben gesehen hatte. Auf dem Couchtisch standen ein hochstieliges Glas und eine Weinflasche, beides leer.

Der Inhalt mochte dafür gesorgt haben, dass Susanne friedlich auf dem Sofa schlief und schnarchte. Thorsten aß eine Scheibe Brot mit Käse und einer halben, rohen Paprika, machte sich bettfertig und weckte schließlich sanft seine Frau, um sie ins Bett zu bringen. Sie roch nach Wein und wankte.

Machen wir's kurz

Als er morgens erwachte, war Susanne nicht mehr im Bett. Duft: Flieder von draußen, Kaffee aus der Küche. Thorsten stand auf.

„Guten Morgen."

Susanne sagte nichts. Sie warf ihm nur einen mürrischen Blick zu, dann angelte sie sich Notizblock und Stift.

Thorsten, machen wir's kurz: Heute ist ein ereignisloser Tag.

O nein, sie war wieder in depressiver Stimmung.

„Hast Du Deine Tabletten genommen?"

„Nein. Muss ich?"

„Ja." Er reichte sie ihr.

Dann floh er auf die Straße, er konnte ihr ohnehin nicht helfen.

Auch auf der Straße konnte er niemandem helfen. Lange irrte er umher. Er begegnete weder dem alten Herrn am Stadtrand, von dem er sich immer zum Kaffee einladen lassen und dem er ein paar Minuten zuhören musste, damit er nicht ausfällig würde, noch war der Gemüsehändler am anderen Ende der Stadt zugegen, der jederzeit Aufheiterung benötigte und ihm dafür gern einen Apfel schenkte. An den Straßenecken, an denen er sonst mit anpacken musste, rollte niemand seinen Kinderwagen oder seinen Rollator in Richtung des viel zu hohen Gehsteigs. Er musste kein Seniorenheim verständigen, weil die demente alte Dame nicht orientierungslos durch die Straßen irrte. In der Innenstadt waren keine Straßenmusiker postiert, denen er hätte zuhören können, und es stand keine öffentliche Veranstaltung auf den Straßen an, bei deren Aufbau er hätte zusehen können. Er begegnete keinen Touristen, die unentschlossen den Stadtplan studiert hätten; und derzeit hingen auch in keinen Schaufenstern und Türen Personalgesuche, sodass er den Angestellten der zwei Läden, die Räumungsverkauf hatten, einen Tipp hätte geben können. Die aktuelle Sonderausstellung des Stadtmuseums kannte er bereits, und er wollte nicht noch mal den Eintritt bezahlen. Er erblickte kein bekanntes Gesicht, er sprach mit niemandem. Als er zuhause ankam, war er völlig erschöpft. Niemand hatte angerufen. Zu essen gab es Gemüseeintopf aus dem Gefrierschrank von vor Monaten. Den Abend verbrachten sie vor dem Fernseher bei zwei mittelmäßigen Krimiserien. Der Tag war vollkommen ereignislos gewesen, so ereignislos, wie ein Tag nur sein kann.

Am Wochenende schrieb Susanne ihm keine Horoskope. Sie verbrachte die Tage im Bett, auf der Couch und mit düsteren Farben und ihrer Staffelei. Thorsten verbrachte sie auf der Straße.

Schwarz-weiß sehen

Als er morgens erwachte, war alles anders als sonst. Die Sonne schien, aber sie kitzelte ihn nicht an der Nase. Sie leuchtete den Rand seiner Bettdecke und einen Teil des Kleiderschranks aus, erreichte nicht sein Gesicht. Sie stand noch zu weit unten und zu weit im Osten. Der Duft von Flieder allein wünschte ihm einen guten Morgen. Von Duschgel und Duftkerze keine Spur, ja nicht einmal von Kaffee. Das Ungewöhnlichste aber war: Susanne lag neben ihm im Bett. Thorsten sah auf die Uhr: Kein Wunder, es war erst sieben Uhr dreißig. Normalerweise stand er eine halbe Stunde später auf. Aber heute wurde er um neun in der Personalabteilung von As & As erwartet. Er, Thorsten Spieß, der unvermittelbare, überqualifizierte Langzeitarbeitslose, hatte einen Job. Wenn auch nur für zwei Monate. Heute also war alles anders.

Wie gut, dass er keinen Wecker brauchte, dachte Thorsten. Er musste sich nur vornehmen, früher aufzuwachen, und das funktionierte. Das hatte schon immer funktioniert. Nur einmal hatte er verschlafen, damals nach dem Abitur, als sein Vater ein Vorstellungsgespräch bei einem Maschinenbauunternehmen für ihn arrangiert hatte. Er wusste nicht, wie sein Vater auf die Idee gekommen war, er würde eine Ausbildung zum Zerspanungsmechaniker absolvieren. Thorsten wusste ja nicht einmal, was das Wort bedeutete, und es hatte ihn auch nicht interessiert. Er wollte keinen technischen Beruf. Er wollte Psychologie studieren. Der Vater tobte. Erst als Thorsten erklärte, er wisse selbst, dass Psychologie allein ein brotloses Fach sei, er wolle sich auf Wirtschaftspsychologie spezialisieren und überdies Betriebswirtschaftslehre dazunehmen, konnten seine Eltern sich beruhigen. Streit gab es erst in den vergangenen Jahren wieder. Hätte er damals auf den Vater gehört und etwas Vernünftiges gelernt, lamentierte seine Mutter, wäre er jetzt nicht arbeitslos. Dass er es für kurze Zeit bis in den Vorstand eines Marktforschungsunternehmens geschafft hatte, interessierte sie nicht. Sein Vater redete kaum mehr mit ihm. Thorsten vermied den Kontakt zu seinen Eltern. Aber es tat ihm weh. Er vermisste sie manchmal. Jedenfalls hatte er seit jenem versäumten Vorstellungsgespräch, auf das er ohnehin keine Lust gehabt hatte, nie wieder verschlafen. Egal, um welche Uhrzeit er aufstehen musste. Und das ohne Wecker.

Er versuchte sich aus dem Bett zu stehlen, aber Susanne wachte trotzdem auf. Sie hatte einen zu leichten Schlaf. Verschlafen schlich sie ihm in die Küche hinterher.

„Was machst Du denn?", fragte sie, als er Kaffee aufsetzte.

„Kaffee" sagte er, mit bemüht unschuldiger Mine.

Barfuß schlich sie um ihn herum und deckte den Frühstückstisch, ohne Thorsten aus den Augen zu verlieren. Er holte die Zeitung herein. Beim Frühstück redeten sie kaum ein Wort, Susanne war noch nicht munter. Schon nach kurzem verschwand Thorsten unter der Dusche.

Nackt stand er vor seinem Kleiderschrank. Fast nackt. Unterhose und Socken hatte er an. Ja, weiße Hemden besaß er noch ein paar. Gebügelt und ungetragen hingen sie im Schrank. Das ordentlichste hängte er beiseite. Es roch nicht mehr frisch gewaschen, aber es stank auch nicht. Thorsten würde sich mit Parfum behelfen müssen.

Schwieriger wurde es bei den Anzügen, die er seit Jahren nicht mehr getragen hatte. Einen nach dem anderen probierte er sie an. Der erste spannte zu sehr über dem Bauch. Der zweite war an Ärmeln und Beinen abgewetzt. Beim dritten war das Futter aufgerissen. Beim vierten hing ein Knopf ab, beim fünften wurde er ärgerlich.

Susanne stand in der Tür und wunderte sich.

„Was machst Du denn?", fragte sie.

Hatte sie das nicht heute schon mal gesagt?

„Mein Kleiderschrank muss dringend ausgemistet werden", behauptete Thorsten.

Susanne wunderte sich weiter. „So früh am Morgen?"

Thorsten zuckte möglichst unverfänglich mit den Schultern. Um den Schein zu wahren, stopfte er die aussortierten Anzüge, die er seit Jahren nicht mehr getragen hatte, in einen Müllsack.

Dann fand er doch noch einen Anzug, den er tragen konnte. Er fand auch eine unscheinbare Krawatte.

Als er so angezogen in die Küche ging, um sich zu verabschieden, wunderte sich Susanne noch immer.

„Ähm ... Hast Du ein Vorstellungsgespräch?"

Thorsten nickte.

„Wie jetzt! Für den Fahrer-Job, von dem Du mir neulich erzählt hast?"

„Ja, genau den", erwiderte er. „Ich muss jetzt los."

„Als Fahrer also", wiederholte sie. „Was sollst Du noch gleich transportieren? Gemüsekisten? Medikamente? Und dann gehst Du im Anzug hin? Ja, so kann man es auch machen", lachte sie.

„Wie? Was?"

„Du gehst im Anzug zu dem Vorstellungsgespräch, um dem, der Dir in Jeans und T-Shirt gegenübersitzt, zu signalisieren, dass Du für den Job nicht geeignet bist? Damit er einsieht, dass er Dich nicht als Fahrer einstellen, sondern Dich zum Chef nehmen sollte. Ich wusste gar nicht, dass mein Mann so gerissen ist." Sie gluckste erheitert. „Ach ja, ich vergaß, Du kennst Dich ja mit Psychologie aus."

Thorsten grinste schweigend.

„Na dann viel Spaß", wünschte Susanne, als er das Haus verließ. „Die blöden Gesichter würde ich auch gerne sehen."

Er möge den Sack alter Anzüge gleich mitnehmen und unterwegs in den Altkleidercontainer werfen, wies sie ihn noch an. Und er möge das nächste Mal, wenn er einen Termin beim Arbeitsamt habe, anregen, ihm Jobangebote als Portier in einem Fünf-Sterne-Hotel zu schicken. Denn wer weiß, vielleicht miste er bei dieser Gelegenheit seine alten Trainingsanzüge aus.

Lachend, in weißem Hemd, schwarzem Anzug, dezenter Krawatte und mit einem großen schwarzen Müllsack verließ Thorsten das Haus. Er begegnete tatsächlich blöden Gesichtern – denen der Nachbarn, die gerade in ihr Auto einstiegen. Er grüßte höflich und eilte vorbei.

Als Thorsten um kurz vor neun die Firma betrat, saß Jasmin hinter der Empfangstheke, mitten zwischen ihren Blumen. Die Lamellen des Vorhangs bewegten sich leicht, ein paar Fenster dahinter waren geöffnet. Sie unterteilten die hohe, geräumige Halle in dünne Streifen aus Licht und Schatten, die sich träge hin und her bewegten, die zunahmen und sich dann wieder verjüngten, die miteinander verschmolzen und sich wieder lösten. Der helle Granitplattenboden schien Eigendynamik zu haben. Jasmin, fast ganz in Weiß gekleidet, sah apart aus unter dem Schleier beweglicher Licht-und-Schatten-Streifen. Thorsten zog es näher heran zu ihr. Hätte er an ihr vorbeigehen wollen, seine Beine hätten ihm nicht gehorcht.

Einen wunderschönen guten Morgen wünschte sie ihm. Dann flog sie ihm entgegen, etwas großes Schwarzes in der Hand. Ganz nah vor ihm kam sie zum Stehen. Ihr Blumenduft fing ihn ein, als sie sich vor ihm streckte und vorsichtig die Chauffeurmütze auf seinem Kopf platzierte. Es war eine intime und zugleich schüchterne Geste.

„Sitzt sie gut?", fragte die weiße Blume.

Thorsten ruckelte an der Mütze. „Perfekt", sagte er.

Jasmin trat einen Schritt zurück, betrachtete ihn. Die dunklen Locken wippten auf dem weißen Stoff, die Sonne spielte durch den Lamellenvorhang noch immer ihr schwarz-weißes Streifenspiel mit ihr. Thorsten sah genauso gestreift aus wie sie. Nur war er schwarz gekleidet, sie weiß.

„Ja, jetzt ist das Outfit perfekt", sagte sie.

Thorsten zog den Hut und verbeugte sich tief. „Haben Sie Dank", sagte er.

Jasmin kicherte. „Aber sonst sind wir schon per Du?"

„Ich gehe davon aus", sagte er. „Aber eine Verbeugung fordert ein respektvolles Sie."

Schallendes Gelächter unterbrach die Szene. Robert Assling eilte auf sie zu. Für einen Moment habe er sich gewundert, weshalb ein Brautpaar in der Halle stünde, so ganz in Schwarz-Weiß, erklärte er. Dann wollte er wissen, ob die Mütze passe, und, ohne eine Antwort abzuwarten, ob Thorsten schon in der Personalabteilug gewesen sei.

Er sei gerade auf dem Weg dorthin, sagte Thorsten, und die Mütze habe genau die richtige Größe, danke. Verlegen wandte er sich von Jasmin ab.

Man treffe sich in einer Stunde vor dem Eingang, ordnete Assling an, Thorsten möge den Wagen schon mal aus der Garage fahren. Er eilte weiter.

In wenigen Minuten waren der Vertrag in doppelter Ausfertigung unterschrieben und alle anderen Formalitäten erledigt. Thorsten hielt einen Stapel Papiere, einen Autoschlüssel

und einen Transponder für Garage, Verwaltungsgebäude und Haupttor in der Hand. Als er durch die Empfangshalle nach draußen lief, lag der Marmorboden nicht mehr in Streifen. Die Sonne musste draußen hinter dem Vorhang bleiben. Jasmin saß nicht an ihrem Platz.

Thorsten staunte, dass sich im Heck der Stretchlimousine tatsächlich keine Beulen mehr befanden. Sie hatte nicht einen Kratzer. Wie hatte man das nur so schnell hinbekommen? Die Kfz-Mechaniker von As & As mussten entweder Zauberer sein, oder sie hatten ein ganzes Ersatzteillager auf dem Betriebsgelände.

Soeben fertig geworden, behauptete der Mechaniker, der sich als Tom vorstellte, und fuhr noch einmal mit dem Poliertuch über den Rahmen, bevor er es liebevoll zusammenlegte und in einer kleinen Kiste versenkte.

Die Delegation bestand aus sechs Arabern. Ein Scheich aus Kuwait, der schweren Schrittes auftrat, sein Berater, der ziemlich unbeteiligt schien, aber dennoch bemüht, ebenfalls wichtig zu wirken, ein Assistent, der die ganze Zeit telefonierte, simste oder sonstwie mit seinem Handy beschäftigt war, und eine Dreiergruppe aus Katar, die sich ähnlich zusammensetzte. Nur dass der Scheich aus Katar noch etwas rundlicher war als sein Kollege, sein Berater nicht ganz so desinteressiert wirkte und der Handy-Mann nicht ganz so viel telefonierte. Sein Englisch war offensichtlich nicht so gut, er litt unter Verständnisschwierigkeiten. Aber das schien niemanden zu stören. Nur ab und zu ließ sich der Berater des Scheichs aus Katar dazu herunter, den Assistenten auf den neuesten Stadt der Dinge zu bringen, der dann nickte und sich sofort wieder seinem Telefon widmete.

Mit den sechs Herren in wallenden Gewändern immer dabei waren zwei Deutsche in Anzügen: der Leiter des städtischen Wirtschaftsamtes und der des Amtes für Internationales. Der Plan sah vor, am Vormittag zwei Firmen zu besichtigen, dann zu einem großen Empfang mit Mittagsbuffet ins Rathaus zu gehen. Danach waren noch mal zwei Firmenbesichtigungen geplant, anschließend ein Abendessen, bei dem auch der Bürgermeister noch mal teilnehmen wolle. Für den späteren Abend waren Konzertkarten reserviert.

Die erste Firma, die sie besichtigten, war ein Software-Entwickler. Die zweite war ein Beratungsunternehmen, das das Management für größere Projekte konzipierte und in Gang setzte. Thorsten wäre allzu gern mit hineingegangen. Aber er wartete beim Wagen, er wollte sich nicht aufdrängen.

Auf dem Weg zum Rathaus nahm Robert Assling, sonst mit der Delegation und den Vertretern aus dem Rathaus im Fond der Stretchlimousine, neben Thorsten Platz. Er brauche eine Pause, gab Assling zu. Der Assistent aus Katar habe sich zuletzt an ihn gehalten, damit er ihm hochtrabendes Geschäftsenglisch in ein einfacher verständliches Englisch übersetze. Das sei ziemlich ermüdend.

Thorsten erfuhr, dass der Scheich aus Kuwait große Gebiete im Hinterland seines Emirats fruchtbar zu machen und ein landwirtschaftliches Zentrum in der Wüste aufzubauen plane. Das Großprojekt beinhalte eine praktisch ausgerichtete Universität für Agrarwirtschaft, die größte Meerwasserentsalzungsanlage der Welt, ein gigantisches

Kanalsystem und eine Raumplanung nach dem Vorbild des ländlichen Raums in Deutschlands: Gut vernetzte Orte mit kleinen Zentren, die innerhalb einer Stunde erreichbar sein sollten. Das sei die größte Herausforderung für Kuwait, das wie die anderen Länder am Golf nur mit dem Aufbau von Megastädten Erfahrung habe, und das in rasender Geschwindigkeit. Thorsten schüttelte ungläubig den Kopf.

Jaja, sagte Robert Assling, am Arabischen Golf seien in den letzten Jahren Städte entstanden für zweihunderttausend und mehr Einwohner, die einen als medizinische Zentren konzipiert, mit Kliniken, Fachzentren und Universitäten, die anderen als logistische Zentren und so weiter. Diese Städte seien in kürzester Zeit realisiert worden.

Er habe diesen Markt früher sehr gut gekannt, sagte Thorsten. Und er habe auch in den vergangenen Jahren beobachtet, wie sich diese Region entwickle.

Und nun besinne man sich auf das Gegenteil, fuhr Assling fort, wolle weniger von Lebensmittelimporten abhängig sein. Und kleinräumige Strukturen, wie sie über Jahrhunderte gewachsen seien, einfach so kopieren. Nun schüttelte Assling selbst ungläubig den Kopf.

Diese Scheichs dächten in Dimensionen, die einem unvorstellbar seien, sagte Thorsten. Man fühle sich wie ein Fünfjähriger, dem man erklärte, wie viele Einwohner die Stadt habe, in der man lebe.

Er sei ja auf dem Land aufgewachsen, erklärte Assling. Aber er habe gestaunt, als der Vater vierzig wurde, weshalb er noch nicht aussah wie ein Greis. Als er das seinem Bruder sagte, war der seiner Meinung, und sie fragten sich, ob er nicht doch schon weiße Haare habe. Vielleicht waren sie gefärbt. Sie hatten sich hinter den Vater an den Esstisch geschlichen, sich über seinen Kopf gebeugt, um nachzusehen, ob der Ansatz weiß war. Sie konnten nichts erkennen. Der Vater aber erschrak so sehr, als sie versehentlich ganz leicht sein Haar berührten, dass er sich fürchterlich verschluckte. Robert und sein Bruder tauschten nur einen wissenden Blick aus, als sie dem keuchenden Vater auf den Rücken klopften: Im hohen Alter sei man schreckhafter, war die Erkenntnis.

Zehn Jahre später habe der Vater darüber geklagt, dass seine Haare grau wurden, setzte Assling fort. Als er in den Raum warf, ob er sie färben solle, prusteten die Brüder vor Lachen. Das Haarefärben war bei Männern damals noch verpönt, aber der Vater war sehr eitel. Er war beleidigt gewesen und redete tagelang nicht mit ihnen. Er hatte ja nicht gewusst, weshalb sie lachten.

Aber zurück zum Arabischen Golf, sagte Thorsten. Seien diese Staaten nicht so jung, dass man eigentlich von ihnen als Kinder sprechen müsse? Erst in den 1970er Jahren habe man dort das erste Öl gefunden. Vorher sei dort nur Wüste gewesen. Wie passe das zusammen mit den Megaprojekten, die dort entstünden, und den unvorstellbar großen Zahlen, in denen man dort dächte?

Vielleicht, grübelte Robert Assling, sei es so etwas wie jugendlicher Leichtsinn. Man habe noch kein Gefühl für Maß und Dimension entwickelt.

Ganz und gar nicht leichtsinnig sei es hingegen, meinte Thorsten, dass sie für solche Megaprojekte Experten aus aller Welt hinzuzögen. Ob As & As denn damit rechnen könne, mit der gesamten Logistik betraut zu werden?

Das sei noch ungewiss, erwiderte Assling. Aber man habe bereits die Rohre für die Kanalisation einer ganzen Stadt in Kuwait geliefert. Für ein anderes Projekt die Baumaterialien. Und tausende Kubikmeter Straßenbelag.

Und Turbinen. Diesen Scheich habe er auch schon kennengelernt. Es würde zahlreiche Ausschreibungen im Zusammenhang mit dem Landwirtschaftsprojekt geben, aber am Ende zählten dann doch die persönlichen Beziehungen. Assling grinste.

Ob es in Kuwait und in Katar auch Niederlassungen von As & As gebe, wollte Thorsten wissen, mit diesen bunten, überdimensionalen Lagerraum-Würfeln.

Aber natürlich, sagte Assling, und gerade der futuristische Würfel treffe ganz den Geschmack der Araber und sei ein Image-Bonus. Thorsten kam nicht mehr zu der Frage, was Anlass des Besuchs des anderen Scheichs war, des Scheichs aus Katar. Er fuhr die Stretchlimousine direkt vor das Portal des Rathauses und hielt den Gästen die Wagentüren auf.

Der repräsentative Rathaussaal war gut gefüllt; Thorsten wunderte sich, woher man all die Leute genommen hatte. Der Bürgermeister begrüßte die Scheichs ehrerbietig und hielt eine umständliche Ansprache, aus der hervorging, dass eine Städtepartnerschaft mit dem Zentrum des geplanten Landwirtschaftsprojekts in Kuwait angedacht sei, und dass es in Katar um ein Freizeitzentrum ginge.

Zwei Journalisten waren dabei, die erst die Scheichs interviewten und sich dann vom Leiter des Amtes für Internationales weitere Hintergrundinformationen geben ließen. Das Buffet war üppig, man ließ es sich schmecken, das Stadtoberhaupt plauderte mit den Scheichs und posierte mit ihnen für Fotos.

Thorsten grinste, als er bemerkte, dass alle Herren mehr oder weniger schwarz-weiß gekleidet waren. Die Araber trugen weiße Gewänder und Kopftücher, schwarze Umhänge und Ringe auf dem Kopf. Nur die Kleidung der

Scheichs zeigte goldbestickte Borten. Die deutschen Männer trugen weiße Hemden und schwarze Anzüge, nur von etwas Bunt der Krawatten aufgelockert. Farbig gekleidet waren einzig die Frauen, aber die waren in der Minderheit. Die Welt derer, die etwas zu entscheiden hatten, war in Schwarz-Weiß getaucht, sinnierte Thorsten. Er blickte an sich hinunter und kam sich etwas albern vor in seiner Montur.

Er ging zum Buffet, um sich nachzunehmen. Er war hungrig.

Ob das wohl Schweinefleisch sei, fragte ihn der Scheich aus Katar.

Nein, erklärte Thorsten, das sei Rindercarpaccio.

„Carpaccio, eh?", wiederholte der Scheich. Das schien ihm nichts zu sagen. Dennoch begann er, seinen Teller damit zu füllen.

Eine italienische Spezialität, erklärte Thorsten, hauchdünne rohe Rindfleisch-Scheiben. Selbst in Europa käme wohl niemand auf die Idee, scheibchenweise rohes Schweinefleisch zu essen, lachte er. Moses und Mohammed hätten schon recht gehabt, Schweinefleisch zu verbieten, und es sei ein Wunder, dass die Christen diese Regel ausgelassen hätten. Schließlich seien religiöse Regeln nicht zum reinen Selbstzweck da, sondern hätten ihre Gründe.

Schweinefleisch sei unrein, sagte der Scheich. Schweine fräßen Dreck. Er fuchtelte mit der Gabel herum, mit der er sich einen riesigen Berg Carpaccio auf den Teller häufte.

Vor allem sei es ungesund, behauptete Thorsten. Weil Schweine eine schlechte Verdauung hätten, würden sie all die Giftstoffe, die sie aufnähmen, an den Menschen weitergeben. Und weil das Fleisch fettiger sei als das von anderen Tieren. Und weil Schweine mit Antibiotika und Hormonen gefüttert würden. Aber dass die Menschen heutzutage so dumm sein würden, das zu tun, hätten noch nicht einmal Moses und Mohammed ahnen können.

Der Scheich lachte. Er wandte sich an Robert Assling. „Your driver is smart", sagte er, „very smart. You should get him into the management."

Thorsten schob sich gerade den letzten Bissen eines Thunfischsteaks in den Mund, als er eine Frau, wohl eine Mitarbeiterin des Amtes für Internationales, mit ihrem Chef reden hörte. Sie berichtete, dass man für den Nachmittag umdisponieren müsse. Die Firma habe angerufen, deren Besuch als nächstes auf dem Programm stand. Der Vorsitzende stecke im Stau auf der Autobahn fest, er käme mindestens eine Stunde zu spät.

Ob man den Besuch bei As & As vorziehen könne, fragte der Mann für Internationales Robert Assling. Der nickte und wollte schon sein Handy aus der Tasche ziehen, um in der Firma Bescheid zu sagen. Thorsten kam ihm zuvor. „Warten Sie einen Moment, Herr Assling."

Assling ließ sich beiseiteziehen.

„Ohne Ihnen zu nahe treten zu wollen – aber seien Sie ehrlich, sind Sie nicht ein bisschen erschöpft?"

Assling runzelte die Stirn. „Wie meinen Sie das?"

„Die letzten vier Stunden müssen anstrengend gewesen sein für Sie, noch mehr aber für die Scheichs. Volle Konzentration, viel Smalltalk, nun auch noch gefüllte Mägen. Konzentrieren kann sich niemand mehr. Wenn wir jetzt zu As & As fahren, verspielen Sie sich eine Chance. Die Araber werden kaum mehr zuhören, sie werden den Nachmittag einfach nur noch hinter sich bringen wollen."

„Was schlagen Sie vor?", fragte Assling.

„Gönnen Sie ihnen eine Pause. Bringen wir sie zum Hotel, geben wir ihnen eine Stunde Ruhe. Sie werden dankbar sein. Und wenn Sie ihnen danach darlegen, wie sich As & As logistisch in ihre Megaprojekte einbringen kann, werden sie wieder frisch und aufnahmefähig sein."

Assling nickte langsam.

„Für den dritten Firmenbesuch wird vor dem Abendessen noch ein wenig Zeit sein", meinte Thorsten. „Und wenn Sie schon den ganzen Tag dabei sind und Fahrzeug und Chauffeur stellen, werden Sie wohl auch beim Programm mitreden können. Und vielleicht wollen die Araber ja auch mal beten."

Robert Assling hieb ihm anerkennend auf die Schulter und wandte sich wieder der kleinen Gruppe zu. Kurz wurde diskutiert. Dann rief man zum Aufbruch. Man wolle sich eine Mittagspause gönnen, kündigte Robert Assling an. Ob ihnen eine Stunde Ruhe genüge, wurden die Araber gefragt; man habe auch am Nachmittag ein volles Programm. Über die in Aussicht gestellte Pause murmelten die Araber dankbar.

Robert Assling stellte der Delegation seinen Bruder vor und die paar anderen Manager, die im großen Konferenzraum warteten. Stefan Assling zeigte eine Präsentation, die auf die logistischen Herausforderungen und Lösungen sowohl des einen als auch des anderen Megaprojekts im Detail einging. Er war sehr überzeugend. Er war so überzeugend, dass die Araber sogar applaudierten, bevor sie Fragen stellten.

Zum Kaffee lud man in den überdimensionalen Lagerraum-Würfel. Den Arabern standen die Münder offen, als sie sahen, wie sich die Lagerräume geräuschlos vergrößerten und verkleinerten, nach oben und zur Seite fuhren, wie Wände auftauchten und wieder verschwanden, ganz wie man es brauchte. Der Würfel schien von innen eigene

Dimensionen zu haben.

Für seine zweite Frau habe er in einem Würfel der Firma das neue Schlafzimmer einlagern lassen, erzählte der Scheich aus Katar. Die Möbel seien aus Europa angekommen, Wochen bevor das Haus bezugsfertig gewesen sei. Wenn er gewusst hätte, wie einfach der Lagerraum anzupassen sei, scherzte der Scheich, hätte er der Frau ein zweites Schlafzimmer gekauft, damit sie nach Lust und Laune die Möbel wechseln könne, ganz wie die Kleidung.

Alle lachten.

Als Thorsten am frühen Abend nach Hause kam, saß Susanne mit einer Nachbarin im Wohnzimmer und trank Tee. Ihr Blick sagte ihm: Was, den ganzen Tag warst Du mit diesen Klamotten in der Stadt unterwegs? Du hast sie nicht mehr alle! Aber sie sagte nichts vor der Nachbarin.

Thorsten war froh, sich umziehen zu können.

Erleichtert ließ er sich am Küchentisch nieder. Er freute sich, als er den Zettel fand: Schon wieder ein Horoskop von Susanne.

Heute neigen Sie dazu, schwarz-weiß zu sehen, lieber Thorsten. Halten Sie sich lieber im Hintergrund. Wenn Sie einen Beobachtungsposten einnehmen, erfahren Sie alles, was Sie wissen müssen. Dennoch könnte es sein, dass Ihre Meinung gefragt ist. Überlegen Sie sich deshalb gut, was Sie sagen, und bringen Sie es zum rechten Zeitpunkt an. Das wird Ihnen Pluspunkte einbringen.

Er starrte auf das Papier. Seine Gedanken überschlugen sich in einer solchen Geschwindigkeit, dass es ihm schien, als würden sie stillstehen. Nur ein einziger Gedanke setzte sich durch: Woher wusste Susanne all das?

„Na, wie war Dein Vorstellungsgespräch?", wollte sie später wissen.

Thorsten starrte sie an. „Ach das", erinnerte er sich. „Ungewöhnlich."

„Das denke ich mir", sagte sie und ging aus dem Zimmer. Mehr wollte sie nicht wissen.

Am Dienstagmorgen schrieb Susanne ihm kein Horoskop.

In Jeans und kurzem Hemd, einen Pullover lose über die Schultern gehängt, verließ Thorsten das Haus. In der Hand eine Sporttasche. Er lief nicht auf direktem Weg zu As & As, sondern zur U-Bahn-Station. Er vergewisserte sich, dass es dort Schließfächer gab. Gott sei Dank, es gab welche. Die Toiletten aber waren abgesperrt. Er trat wieder ins Freie, wandte sich Richtung Straße. Wohin? Aus den Augenwinkeln nahm er das Gebüsch wahr. Ohne zu zögern verschwand er darin. Eilig holte er den ordentlich zusammengelegten Anzug, das weiße Hemd, die Krawatte und die Chauffeurmütze aus der Tasche und zog sich um. Mitten im Gebüsch. Niemand beobachtete ihn dabei. Er ging zurück zur U-Bahn-Station, sperrte die Sporttasche mit seiner Alltagskleidung in ein Schließfach und lief zu As & As.

Auch der zweite Tag, den er mit der Delegation verbrachte, war angenehm. Wie selbstverständlich lenkte er die Stretchlimousine durch die Straßen, hielt er den Gästen lächelnd die Türen auf, scherzte er und unterhielt sich mit ihnen. Er hielt sich im Hintergrund, wenn es ihm angebracht schien. Kurz, er machte einen guten Eindruck, die Mitglieder der Delegation, der Chef des Wirtschaftsamtes und der des Amtes für Internationales sowie Robert Assling, der die Gruppe fast den ganzen Tag lang begleitete, schienen zufrieden. Thorsten war es auch. Am späten

Nachmittag setzte er erst seinen Chef in der Firma ab, dann den Großteil der Delegation vor dem Hotel in der Altstadt. Sie würden zu Fuß zum Restaurant finden, wie schon am Abend zuvor. Zwei der Gäste brachte er zum Flughafen. Den langen Wagen fuhr er in seine Garage auf dem Firmengelände. Dann lief er nach Hause. Morgen würde er frei haben. Den ersten freien Tag seit er wieder einen Job hatte. Wie gut sich das anfühlte! Erst am Donnerstagmittag war er wieder gefragt, um zwei spanische Geschäftsleute vom Flughafen abzuholen, von denen sich die Brüder Assling einen Auftrag erhofften. Es ginge um den Transport einer Fabrikmaschinenanlage, hatte Robert Assling angedeutet.

Erst als er um die Ecke bog und sein Haus erblickte, fiel Thorsten ein, dass er es am Morgen in Freizeitkleidung verlassen hatte. War es nicht albern, seinen vorübergehenden Job vor Susanne zu verheimlichen? Dennoch kehrte er um, holte die Tasche aus dem Schließfach an der U-Bahn-Station, zog sich im Gebüsch um, weil die Toilette noch immer verschlossen war, legte Anzug und Hemd fein säuberlich zusammen und ließ die Sachen im Schließfach zurück. Übermorgen würde er ein frisches Hemd benötigen. Aber darüber wollte er jetzt nicht nachdenken.

Unvermutete Begegnungen

Als er morgens erwachte, war wieder alles beim Alten. Das wusste er schon, bevor er die Augen öffnete. Erstens hatte er heute frei, wie all die vergangenen Jahre. Zweitens sagte ihm seine Nase, dass Susanne schon in der Küche saß – es roch nach Kaffee. Dazu mischte sich von draußen der Duft von Flieder und ... Noch ein Duft lag in der Luft. Es war nicht der von Duschgel, nein ... Es war die Duftkerze! Susanne war also nicht überschwänglich gut gelaunt, aber doch sehr viel besser als sonst. Die Sonne kitzelte ihn nicht gerade an der Nase, aber sie blinzelte hie und da durch eine hauchdünne Wolkendecke. Thorsten räkelte sich wohlig unter der Decke. Was würde er heute tun? Sollte er einfach mal zuhause bleiben? Sich um den Garten kümmern? Eigentlich wäre auch im Haus einiges zu tun, dachte er. Die Küche musste dringend gestrichen werden. Und da er jetzt ein Einkommen hatte, vorübergehend ... Aber das ging ja nicht. Susanne wusste noch nichts davon, rief er sich zurecht. Ja, dann würde er sich heute den Garten vornehmen. Gartenarbeit war ihm zwar generell lästig, aber manchmal war es notwendig. Und Susanne liebte den Garten. Überhaupt konnten sie sich glücklich schätzen, dass sie dieses Haus hatten. Dass es abbezahlt war, bevor sie beide arbeitslos geworden waren.

Gartenarbeit also. Thorsten seufzte. Er schwang die Beine aus dem Bett, schlüpfte in die Pantoffeln und trottete zur Haustür, um die Zeitung hereinzuholen.

„Guten Morgen", sagte er.

„Guten Morgen", sagte sie.

„Gut geschlafen?", fragte er.

„Hm-hm", sagte sie. Sie kaute und las.

Er kaute und las.

Sie nahm einen Schluck Kaffee.

Er nahm einen Schluck Kaffee.

Sie kaute und las.

Er kaute und las.

Sie nahm Notizblock und Kugelschreiber und fing an zu schreiben.

Er las weiter seine Zeitung. Bis der Block auf die Zeitung flog. Irritiert sah Thorsten auf.

Susanne saß erwartungsvoll da, die Ellenbogen auf den Tisch und das Kinn in die Hände gestützt.

„Lies!", befahl sie.

Thorsten las.

Passen Sie auf, lieber Thorsten, dass Sie nicht wieder in Ihren alten Trott verfallen. Wie wäre es mit einer Shoppingtour? Heute ist der perfekte Tag dafür. Gönnen Sie sich ruhig mal etwas, was sonst außerhalb Ihres Budgets liegt! Greifen Sie tiefer in die Tasche! Sie werden es nicht bereuen, Vernunft ist bei diesen Dingen selten zielführend. Aber Vorsicht vor unvermuteten Begegnungen.

Thorsten sah auf. „Vorsicht vor unvermuteten Begegnungen? Was soll das heißen?," fragte er.

„Woher soll ich das wissen?", sagte Susanne. „Kann ich hellsehen?"

Thorsten starrte sie an. Langsam wurde die Sache ihm unheimlich. In ihrem ersten Horoskop hatte sie behauptet, dass dieser Tag sein Leben verändern und ihm neue Türen öffnen würde – und schon saß er in der Stretchlimousine.

Mit ihrem zweiten Horoskop hatte sie den Wunsch geäußert, einen Ausflug zu machen. Na gut. Das Horoskop vom Tag darauf war genauso manipulativ gewesen, schon klar, sie hatte ihm ein „Nachspiel" angekündigt und ihn ins Bett gezerrt. Aber dann hatte Assling angerufen – war das nicht in gewissem Sinne auch ein Nachspiel gewesen? Und das vierte Horoskop? Was war noch im vierten Horoskop gestanden? Am Freitag jedenfalls hatte Susanne ihm einen ereignislosen Tag prophezeit – und voll ins Schwarze getroffen. Genauso treffsicher war das letzte Horoskop gewesen. Thorsten nahm einen Schluck Kaffee.

Vorsicht vor unvermuteten Begegnungen, wiederholte er sich. Was Susanne nur alles einfiel! Er schüttelte sich.

„Was ist?", fragte Susanne. Sie hatte ihn beobachtet.

„Was denn?", fragte Thorsten zurück. „Ich versuche den Sinn Deiner Worte zu entschlüsseln."

„Na gut. Dann gehen wir die Sache eben anders an", entschied Susanne. „Thoorsteeeen ..."

„Jaaa?"

„Was hast Du denn heute vooor?", fragte sie mit kokettem Augenaufschlag.

„Ach", sagte er. „Nichts Besonderes. Warum?"

Susanne zog schmollend die Unterlippe vor.

„Susanne", seufzte er. „Du weißt doch, wie sehr ich Shoppingtouren hasse."

„Aber heute ist der perfekte Tag dafür", sagte sie. „Und Du solltest Dir mal wieder was gönnen. Da steht's. Schwarz auf weiß, in Deinem Horoskop."

Ihn schauderte. „Das ist kein Horoskop, das ist ein Horror."

„Dann einigen wir uns darauf: Das ist ein Horroroskop, und Du gehst mit mir shoppen", schlug sie vor. Sie hatte sich einen sehr bestimmenden Tonfall für ihre Vorschläge angewöhnt.

Thorsten seufzte.

„Dann also noch mal von vorne", sagte Susanne. „Thoooorsteeeeeen?

„Jaaaaa?"

„Was hast Du heute voooooor?"

Thorsten schluckte. „Och", sagte er leise. „Ich dachte, wir könnten mal wieder shoppen gehen?"

„Ja!", rief Susanne, sprang auf und umarmte ihn über den Tisch hinweg.

So ein Miststück, dachte er. Vorsicht vor unvermuteten Begegnungen. Pah! Vor ihr musste er sich vorsehen, vor ihr!

Susanne eilte sofort ins Bad, um sich fertigzumachen. Thorsten oblag es, den Frühstückstisch aufzuräumen, bis er an der Reihe war zu duschen. Er spürte plötzlich unbändige Lust, Rasen zu mähen, Unkraut zu jäten und Hecken zu schneiden. Aber da war nichts zu machen.

Der Einkaufsbummel entsprach tatsächlich dem, was Thorsten mit Horror gemeint hatte. Größtenteils durchstreiften sie Bekleidungs- und Schuhgeschäfte. Damen- und Herrenabteilungen. Kreuz und quer durch die Altstadt. Zig Läden hatten sie schon hinter sich. Susanne probierte hier, Susanne probierte da, gab Thorsten aus der Umkleidekabine heraus Anweisungen, ihr dies in einer anderen Größe zu bringen und jenes in einer anderen Farbe, Thorsten lief und suchte verzweifelt. Susanne probierte, kaufte dann doch nichts, sah, als sie endlich den Ausgang erreicht hatten, ein Oberteil, das sie unbedingt auch noch anprobieren musste, und so ging das ganze Spiel wieder von vorne los. Dann schleifte sie ihn in die Herrenabteilung und zwang ihn, dieses T-Shirt anzuprobieren und jene Jeans, kritisierte Schnitt und Sitz, Farbe und Länge, wo es nichts zu kritisieren gab, brach in einem anderen Laden in Begeisterung aus, wo Thorsten das Gefühl hatte, genau dieselbe Hose wie vorhin zu tragen. Dabei brauchte er weder Jeans noch T-Shirts, sondern einen neuen Anzug, damit er einen zum Wechseln hätte; und ein, zwei weiße Hemden hätten auch nicht geschadet. Als er es tatsächlich wagte, ein langärmeliges weißes Hemd anzuprobieren, nahm Susanne es ihm weg und sagte, er solle nicht albern sein.

In den Schuhgeschäften spielte sich dasselbe ab. Susanne konnte sich nicht entscheiden. Diese Schuhe oder jene Schuhe, das eine Paar war stark reduziert, das andere Paar nicht ganz so stark, war aber qualitativ hochwertiger. Oder sollte sie doch die Schuhe aus dem anderen Laden nehmen, die mit dem Blockabsatz? Thorsten wusste nicht, welche Schuhe in welchem Geschäft sie meinte. Wenn er sagte, das eine Paar gefalle ihm weniger, erntete er böse Blicke, deshalb wurde er mit seinen Äußerungen immer vorsichtiger, was Susanne wiederum missfiel. Er strich möglichst unauffällig durch die Regale mit schwarzen Herrenschuhen in seiner Größe, schielte nach ihnen, getraute sich aber nicht, sie auch nur anzufassen.

Susanne hatte sich bereits zwei Oberteile, einen Rock und einen Schal gekauft und für Thorsten drei Unterhosen, für alles zusammen hatte sie nur vierzig Euro ausgegeben. Erstaunlich, wie sie das immer machte. Von Laden zu Laden wurde Susannes Laune immer besser, sie war schon richtig aufgekratzt, und Thorstens immer schlechter, er hatte bereits Kopfschmerzen.

Und dann waren sie schon im nächsten Geschäft und

Susanne in der nächsten Umkleidekabine und verlangte nach der nächsten Hose, die Thorsten ihr eine Nummer größer suchen sollte, *hier, nimm sie mit, damit Du mir nicht die falsche bringst, Du findest sie* ... und so weiter.

In seiner Stirn pochte es leise, der Rest des Kopfes fühlte sich taub an, seine Finger klammerten sich um den Kleiderbügel, sein Ellenbogen klemmte den Stoff an den Körper, seine Füße trabten los, nicht mehr ihm, sondern seiner Frau gehorchend, in die Richtung, die sie ihm gewiesen hatte.

Und dann sah er sie.

Abrupt kam er zum Stehen. Vor ihm, genau an dem runden Ständer, an dem er die Hosen hängen vermutete, stand eine Frau mit braunen Locken, weiten weißen Leinenhosen, einer weiten grauen Bluse mit weißen Punkten, knallblauen Schuhen und einem Seidentüchlein in derselben Farbe. Auch das noch! Er erkannte sie sofort. Sie drehte sich um und winkte in seine Richtung.

Ohne dass er es steuern konnte, machten sein Füße kehrt und trugen ihn in die entgegengesetzte Richtung davon, in eine Ecke des Ladens, von der aus er sowohl Jasmin als auch die Umkleidekabinen beobachten konnte. Hatte sie ihn gemeint? Hatte sie ihn gesehen? Er duckte sich hinter die Kleider, wurde von einer Fremden angepöbelt, was er da suche, ignorierte sie, stellte sich vor, einfach auf die Straße und davonzulaufen, erwog dann, auf Jasmin zuzugehen, sich überrascht zu geben und mit ihr zu plaudern. Aber da wartete ja Susanne in der Kabine auf ihn, nein, auf die Hose, und er käme in Erklärungsnot, wo die Hose bleibe und wer diese Frau sei. Bestenfalls würde Jasmin fragen, wann man sich wiedersähe, Susanne würde es hören und er würde antworten müssen: Morgen. Und Susanne würde sonstwas denken. Oder, noch schlimmer,

Jasmin würde auf Susanne zugehen, um sie kennenzulernen.

Weshalb war Jasmin überhaupt hier? Weshalb hatte sie ausgerechnet heute ebenfalls frei? Auf dem Boden zwischen die Klamotten gedrückt, begann er zu schwitzen. Er lugte durch die Kleider. Jasmin steuerte genau auf ihn zu. In seiner Stirn hämmerte es.

„Thorsten?", hörte er schon von weitem Susanne rufen.

Es war unvermeidlich. Er wollte sich erheben, damit er nicht auf dem Boden herumkroch, wenn Jasmin vor ihn trat, aber er verlor das Gleichgewicht, fiel hinterrücks in den Kleiderständer, griff reflexartig in den Stoff, riss die Kleider mit herunter. Schwankend stand er auf.

Jasmin stand drei Meter von ihm entfernt. Sie unterhielt sich mit einer anderen Frau. Sie hatte ihm den Rücken zugekehrt. Hatte sie ihn also doch noch nicht entdeckt? Thorsten lief in großem Bogen zu den Umkleidekabinen.

„Thorsten?", fragte Susanne, als er dort ankam. Ihr Kopf lugte seitlich am Vorhang vorbei.

„Ich habe alles abgesucht", keuchte er. „Ich finde die Hose nicht mehr." Er wagte es nicht, sich umzudrehen.

„Ach Thorsten", stöhnte Susanne. „Es ist zum Verzweifeln mit Dir. Das war der zweite oder dritte runde Ständer da drüben", sie wies in die Richtung, „das kann doch nicht so schwer sein. Komm, geh noch mal, und bring mir diese Hose auch mit, eine Nummer größer bitte. Muss gleich daneben hängen."

Ihr Kopf verschwand wieder hinter dem Vorhang.

Er blickte über die Schulter. Aus den Augenwinkeln nahm er verschwommen eine graue Bluse mit weißen Punkten, einen knallblauen Farbfleck und dunkle Locken wahr. Panisch floh er in eine Umkleidekabine, zog hastig den Vorhang hinter sich zu. Er sah sich um. In der Kabine hingen Klamotten, die eine Vorgängerin nicht weggetragen hatte. Er bemerkte die Hose, die Susanne ihm zuletzt gegeben hatte. Er hielt sie noch immer in der Hand. Die erste Hose war ihm auf seiner Flucht quer durch den Laden abhandengekommen. Er hängte die Hose seitlich neben den Vorhang an die Stange, um von außen kenntlich zu machen, dass die Kabine belegt war. Er drehte sich um, griff in die Bügel, die an der Wand hingen, und klapperte damit – um noch kenntlicher zu machen, dass die Kabine belegt war. Zwei BHs hatte er in der Hand, sie tanzten miteinander, die Bügel klapperten.

Bügelbalz in der Umkleidekabine.

„Thorsten?", hörte er Susannes Stimme. Sie musste genau nebenan sein.

Er klapperte lauter mit den Bügeln, ließ die BHs ekstatisch tanzen. Thorsten hörte jemanden kichern. Erst Sekunden später begriff er, dass er selbst es war.

„Thooorsten!"

Plötzlich wurde der Vorhang aufgerissen. Thorsten fuhr herum.

Vor ihm stand nicht Susanne, nein. Vor ihm stand – ein kleines Mädchen.

„Mama?", fragte es. Dann riss es die Augen auf, drehte sich um und rannte fort.

Hastig zog Thorsten den Vorhang wieder zu. Kraftlos ließ er sich auf den Hocker sinken. Die BHs landeten auf dem Boden. Sein Kopf pochte.

„Thorsten?", rief Susanne wieder. Sie klang nun ungehalten.

Wie war er nur in diese Slapstick-Komödie hineingeraten? Er zwang sich, tief durchzuatmen. Ein, zwei Mal. Dann nahm er die Hose von der Stage, schlüpfte aus der

Kabine und wandte sich, ohne sich umzusehen, Susannes Kabine zu. Er rechnete fest damit, Jasmins Stimme hinter sich zu hören oder ihre Hand auf seiner Schulter zu spüren, als er Susanne das Kleidungsstück reichte.

„Hier", sagte er. „Die andere Hose hab ich wirklich nicht gefunden."

Susanne stand voll angezogen vor ihm, in ihren eigenen Klamotten, sie griff gerade nach Handtasche und Einkaufstüte. Jasmins Stimme blieb aus. Auch ihre Berührung. Sie war nicht in Sicht.

„Was hast Du denn so lang gemacht?", fragte Susanne. „Komm, eigentlich brauche ich gar keine Hose. Lass uns gehen."

Kurz vor dem Ausgang hörte er sie doch, Jasmins Stimme. Mit Susanne an seiner Seite.

„Hallo Thorsten", rief Jasmin ihm zu und winkte.

Thorsten schwitzte. Er winkte und lächelte zurück. Er ging einfach weiter, zog Susanne hinter sich her.

Draußen atmete er auf. Sie liefen weiter, weg von dem Laden.

„Wer war denn das?", fragte Susanne.

„Kollegin", sagte er. „Schon lang nicht mehr gesehen."

Thorsten blieb stehen.

„Ich habe wahnsinnige Kopfschmerzen", sagte er zu Susanne. „Lass uns die Tour beenden für heute. Ich kann nicht mehr."

Susanne sah ihn an. „Hast ja eh lang durchgehalten. Aber ich geh noch mal zurück, das eine Paar Schuhe will ich unbedingt noch mitnehmen."

Thorsten ging zwei Straßen weiter und ließ sich vor einem Café nieder. Endlich allein. Erleichtert streckte er die Beine aus und genoss einen Eiskaffee. Als seine Kräfte zurückkamen, zwang er sich nachzudenken, in welchem der zig Geschäfte, die sie durchkämmt hatten, er das weiße Hemd gefunden hatte. Es half nichts, er brauchte ja doch welche. Schließlich war heute der perfekte Tag zum Shoppen. Hatte Susanne gesagt.

Das weiße Hemd probierte er nicht noch mal an. Er kaufte gleich drei davon. Im selben Laden fand er zwei schwarze Anzüge. Sie saßen perfekt. Er betrat wahllos irgendein Schuhgeschäft und kaufte das erste Paar eleganter Schuhe, das er fand.

Thorsten lief auf kürzestem Weg zur U-Bahn-Haltestelle in seinem Wohnviertel und brachte sein neues Outfit im Schließfach bei seinen anderen Sachen unter. Die Tüten und der Schuhkarton passten gerade noch mit hinein. Damit war das Schließfach gestopft voll.

Die Shoppingtour mit Susanne hatte fünf Stunden gedauert. Für die zweite Tour allein hatte er nur eine Viertelstunde gebraucht. Susanne würde mit dicken, schweren Einkaufstüten nach Hause kommen und kaum Geld ausgegeben haben. Thorsten würde mit leeren Händen nach Hause kommen und fast vierhundert Euro ausgegeben haben. Das lag weit über seinen Verhältnissen. Aber er hatte vergangene Woche hundertfünfzig Euro von Robert Assling bekommen, schwarz auf die Hand, und am Ende des Monats würde sein Konto besser aussehen als all die Monate zuvor.

Als Susanne nach Hause kam, hatte er den Rasen fast fertig gemäht. Susanne war glücklich. Thorsten widmete sich den Hecken, während seine Frau kochte. Er wusste selbst nicht, woher er noch die Energie nahm.

Nach dem Essen führte sie ihm ihre Ausbeute vor.

Thorsten wunderte sich, dass sie noch immer nicht genug hatte von der Anprobiererei. Aber er nickte und lächelte dazu und bewunderte sie. Das war Teil des Rituals.

Danach ließ sich Thorsten eine heiße Badewanne einlaufen. An einem warmen Tag im Mai.

Die kleinen Sorgen des Alltags

Als er morgens erwachte, fühlte er sich noch immer etwas gerädert. Er war froh, dass er heute wieder Chauffeur sein durfte. Die Sonne lächelte ihm aufmunternd zu. Seine Nase sagte ihm, dass der Flieder draußen blühte, dass der Kaffee gerade durchgelaufen und die Dusche noch ungenutzt trocken war.

Als er mit leeren Händen in die Küche kam, sah Susanne ihn fragend an.

„Nein, keine Zeitung heute", erklärte Thorsten. „Sie ist nicht gekommen."

Während er kauend in der Ausgabe vom Vortag blätterte, um nach dem Impressum und der richtigen Telefonnummer zu suchen, malte Susanne in ihrem Notizblock herum. Während er telefonierte, zerknüllte Susanne das Blatt und fing an zu schreiben:

Heute sind es die kleinen Sorgen des Alltags, denen Sie sich widmen müssen, lieber Thorsten. Sie können ihnen nicht entkommen. Also stellen Sie sich ihnen lieber gleich. Aber verzagen Sie nicht; für jedes Problem gibt es eine Lösung. Schaffen Sie sie einfach aus der Welt, die lästigen Problemchen, bevor sie zu großen Problemen werden. Handeln Sie.

Thorsten lachte. „Das war einfach. Aber übertreibst Du es nicht? Wenn die Zeitung mal nicht geliefert wird, ist das doch noch nicht gleich ein Problem."

Susanne wies in Richtung Spüle. „Stört Dich denn dieses dauernde Tropfen nicht?"

Thorsten hörte es. Aber er sah nichts.

Er untersuchte den Siphon. Dort tropfte es. Susanne hatte schon eine Schüssel daruntergestellt. Eigentlich war Thorsten handwerklich nicht sonderlich begabt. Aber Susanne hatte sich schon immer geweigert, das zu akzeptieren. Genau wie seine Eltern. Es war seine Aufgabe, sich um solcherlei Dinge zu kümmern. Also holte er seinen Werkzeugkoffer, drehte das Wasser ab und baute das Rohr auseinander. Er lag auf dem Boden, unter der Spüle, sah nicht, wo er hinlangen musste, kam auch nicht richtig hin und schwitzte. Um halb zwölf würde er den Wagen von der Firma abholen und dann zwei Spanier vom Flughafen. Vorher musste er sich umziehen. Bei der U-Bahn-Station im Gebüsch. Die Zeit drängte.

Triumphierend hielt er Susanne eine poröse Dichtung und ein löchriges Rohr unter die Nase. Blitzschnell duschte er, vergewisserte sich, dass er alle Schlüssel einstecken hatte – U-Bahn-Schließfach, Stretchlimousine und die anderen von As & As –, packte Rohr und Dichtung in eine Plastiktüte und lief los. Susanne hatte er gesagt, es könne länger dauern.

Das erste Problem, vor dem er stand, war das überfüllte Schließfach im U-Bahnhof. Es eilten und es trödelten Menschen vorbei, Thorsten konnte nicht ungestört in den Tüten und Taschen wühlen und sich die Kleidung, die er brauchte, herausnehmen. Er musste alles ins Gebüsch mitnehmen, es half nichts. In der Sporttasche, zuunterst, befand sich auch das Hemd, das dringend gewaschen werden musste. Ihm würde nichts anderes übrigbleiben, als es zur Reinigung zu tragen.

Das zweite Problem, vor dem er stand, war das Gebüsch, in dem er sich seit kurzem umständlich und mit einem mulmigen Gefühl umzuziehen pflegte. Es war besetzt: Dort lagerte ein Obdachloser. Der Mann schlief, er atmete ruhig. Um ihn herum standen fast genauso viele Tüten und Taschen, wie Thorsten in der Hand trug.

Thorsten sah ratlos an sich hinunter. Vielleicht hätte er sich zur Not mal in der Firma umziehen können. Aber vollgepackt, wie er war, konnte er dort unmöglich erscheinen. Er trug zwei Einkaufstüten mit Anzug und Hemden, eine weitere mit Schuhkarton und neuen Schuhen, eine Plastiktüte mit Wasserrohr und Dichtung sowie eine Sporttasche mit Schuhen, Anzug, Krawatte, dreckigem Hemd ...

Die Sporttasche, genau! Das war die Idee ...

Eilig lief er zwei Straßen weiter. Er nickte zufrieden, als er die Öffnungszeiten an der Tür las: *6:00 bis 24:00 Uhr.* Perfekt! Er war schon lang nicht mehr in einem Fitnessstudio gewesen. Während seines Studiums hatte er versucht, sich auf diese Weise fit zu halten. Aber Spaß gemacht hatte ihm das nie. Er sah auf die Uhr. In einer Viertelstunde wurde er bei As & As erwartet.

Es kostete einige Mühe, der netten Dame klarzumachen, dass er weder ein isotonisches noch ein eiweiß- oder koffeinhaltiges Getränk wollte. Dass er jetzt kein Fitnessprogramm erstellt haben und auch keine Einführung in die Geräte wollte. Dass er nicht ratschen und tratschen, sondern lediglich seinen Mitgliedsvertrag unterschreiben und dann sofort wieder gehen wollte. Einen Vertrag, der es ihm erlaubte, jederzeit die Umkleiden zu nutzen. Und die Schließfächer. Die großen, langen, geräumigen Spinds, in die man Anzüge und Hemden hängen konnte, anstatt sie zerknittern zu lassen. Morgen würde er nicht nur Kleiderbügel, sondern auch Sportsachen mitnehmen müssen. Und ab und zu würde er sich auch in dem riesigen Geräteraum blicken lassen, um keinen Verdacht zu erregen. Vielleicht sollte er sich angewöhnen, vor oder nach der Arbeit eine Runde im Fitnessstudio Fahrrad zu fahren. Er konnte sich Schöneres vorstellen, aber schaden könne es nicht, sinnierte Thorsten auf dem Weg zu As & As. Außerdem war er froh, eine vorübergehende Lösung für sein Kleidungsproblem gefunden zu haben. Er würde sich nie wieder in einem Gebüsch umziehen, schwor er sich. Und das riesige Fitnessstudio lag viel näher bei der Firma als die U-Bahn-Station.

Als er Jasmin hinter dem Empfangstresen zwischen all ihren Blumen sitzen sah, fühlte Thorsten sich plötzlich geknickt. Sie sah ... irgendwie verwelkt aus! Lag es an der einfarbigen Kleidung, dem cremefarbigen Leinenkostüm und den cremefarbigen Spitzen, die ihn an eine welkende Blume erinnerten? Lag es daran, dass ihre Locken mehr hingen als hüpften? Oder lag es an dem Anflug von Scham, den Thorsten empfand, weil er ihr gestern aus dem Weg gegangen war?

„Jasmin ..." Unwillkürlich streckte er ihr die Hand entgegen, wollte sie berühren, besann sich aber gerade noch eines Besseren.

Traurig sah sie ihn an. „Stefan Assling fährt heute mit. Ihr startet um zwölf, holt zwei Spanier vom Flughafen ab und bringt sie dann zum Hotel. Stefan wird mit ihnen essen gehen und dabei Geschäftliches besprechen", leierte sie herunter. „Du kannst Dir derweil die Zeit vertreiben. Danach wirst Du sie wahrscheinlich zur Messe fahren und mit Stefan wieder herkommen. Das war's. Wird kein allzu langer Ausflug heute. Hier die Namen der beiden und die Adresse des Hotels. Weißt Du, wo das ist?"

Er nahm das Blatt Papier. „Natürlich. Nicht allzu weit von der Messe."

„Gut. Und morgen ..."

„Jasmin?"

„Ja?"

„Ich muss mich entschuldigen wegen gestern. Ich hasse diese Shoppingtouren und ..."

„Oh", lachte Jasmin. „Und ich dachte schon, Du hättest mich nicht erkannt."

Nicht erkannt? Dann hatte sie also nicht bemerkt, wie er ihr aus dem Weg geschlichen war!

„Dich nicht erkannt?", fragte er. "Wie könnte man eine anmutige Blume wie Dich übersehen!"

Jasmin errötete. „Und morgen", sagte sie, „holst Du mit einem der Chefs Leute von der Messe ab, bringst sie zum Lunch und danach wieder zurück oder zum Hotel. Abends noch mal dasselbe Spielchen. Das sind alles wichtige Kunden von uns. Kunden muss man durch persönlichen Kontakt binden, sagen die Chefs immer, deshalb wollen sie mit ihnen essen gehen, wenn sie schon mal in der Stadt sind. Am Samstag holst Du dieselben Kunden vom Hotel ab und fährst sie zum Flughafen. Warte, ich druck Dir alles aus."

Thorsten nickte. „Danke. Verrätst Du mir jetzt, weshalb Du so geknickt aussiehst und was ich dagegen tun kann?"

Jasmin seufzte und schien in sich zusammenzufallen. Sie erzählte von Bobo, ihrer Katze, die sich gestern Abend in die Ecke gelegt und nicht mehr gerührt hatte. Die das Essen verweigert, Blut gespuckt und sie angefaucht hatte, wenn sie sich näherte. Heute früh sei sie schon beim Tierarzt gewesen, dieser habe Fieber und – im besten Fall – eine Entzündung im Darm diagnostiziert und ihr Medikamente mitgegeben. Die Nachbarin kümmere sich heute um die Katze, aber morgen habe sie ein Problem, weil die Nachbarin keine Zeit habe und sie selbst zwei Stunden später zur Arbeit kommen, sich aber nicht freinehmen könne. Sie habe ja gestern schon freigehabt. Sie sorge sich so sehr um Bobo und könne ihn in seinem Zustand nicht den ganzen Tag allein lassen.

Wo sie denn wohne, fragte Thorsten.

Jasmin nannte ihm Stadtviertel und Straße.

Thorsten grübelte. Er studierte die Ausdrucke der Termine, die sie ihm gegeben hatte, und rechnete.

„Ja, das haut hin", sagte er schließlich. „Von dem Lokal, in dem morgen Mittag reserviert ist, bin ich in zwanzig Minuten zu Dir rübergelaufen. Das Essen wird mindestens eine Stunde dauern, ich habe also zwanzig Minuten Zeit, um nach dem Rechten zu sehen, dem Kater Medikamente, Wasser, sonstwas einzuflößen. Zwischen dem Mittags- und dem Abendtermin habe ich dann sowieso genügend Zeit, um mich um ihn zu kümmern. Wenn Du willst."

„Das würdest Du wirklich für mich tun?"

„Nein", sagte Thorsten. „Für Bobo. Ich hatte auch mal eine kranke Katze."

„Wirklich? Aber das wird stressig mittags ..."

„Vorausgesetzt natürlich, es stört Dich nicht, wenn ich mir Deine Wohnung ansehe. Ohne Dich."

„Oh, das macht mir nichts. Ich habe nichts zu verbergen. Keine Leichen unter dem Bett und keine Marihuana-Plantage im Wohnzimmer."

Sie fiel ihm um den Hals und bedankte sich. Ihr Duft stieg ihm in die Nase und ihre weichen Locken streiften sein Gesicht. Er wusste gar nicht, wo er hinfassen sollte. Sachte legte er seine Hände auf ihre Schulterblätter. Jasmin verharrte länger in dieser Umarmung, als es ihm angebracht schien. Keiner von beiden wagte es, sich zu bewegen. Ganz vorsichtig löste sie sich von ihm. Sie schien plötzlich verunsichert.

Die Stretchlimousine war nicht nur sehr lang, sie war auch optimal auf die Bedürfnisse von Geschäftsleuten ausgerichtet. Gebaut hatte sie Ludwig Reif mithilfe seines Sohnes Florian, etwa drei, vier Jahre nachdem die Brüder Assling ihr Unternehmen gegründet hatten. Ludwig Reif hatte sein Haus und seine Werkstatt zwei Häuser neben dem Elternhaus der Asslings; die beiden Familien waren etwa zeitgleich in die Neubausiedlung am Stadtrand gezogen. Das Ehepaar Ass war damals knapp dreißig, frisch vermählt und noch kinderlos; das Ehepaar Reif war um die zwanzig, ebenfalls frisch vermählt und kinderlos. Zwischen den Assens und den Reifs lebte das Ehepaar Johnson, ein amerikanischer Soldat und seine deutsche Frau. Johnsons lebten nicht nur räumlich gesehen zwischen den Familien Ass und Reif; auch ihr Alter lag genau dazwischen. Alle drei Paare waren in die Neubausiedlung gezogen, weil sie dort ihre Träume verwirklichen wollten. Nun waren die Träume der drei Paare ganz unterschiedlicher Art. Das Ehepaar Ass suchte die idyllische Ruhe in der Vorstadt, um sich ungestört ihren Studien, ihren Büchern, der Malerei (Frau Ass) und dem Cello (Herr Ass) hinzugeben. Das Ehepaar Johnson hatte das Ziel, möglichst viele Kinder zu kriegen und sich dort draußen dem Familienleben zu widmen. Das Ehepaar Reif wollte sich selbständig machen und richtete sich seine eigene Kfz-Werkstatt ein. Johnsons freundeten sich mit beiden Paaren in der unmittelbaren Nachbarschaft an. Die Assens aber machten von Beginn an einen großen Bogen um die Reifs. Misstrauisch blickten sie auf das ungebildete, viel zu junge Paar herab; sie fühlten sich durch die Werkstatt in ihrer ersehnten Ruhe gestört. Reifs machten ihrerseits einen Bogen um die Assens, die sich ihnen gegenüber sehr arrogant zeigten.

Ludwig Reif machte sich schnell einen Namen als zuverlässiger, ehrlicher, begeisterter Kfz-Mechaniker. In kürzester Zeit standen sämtliche Wagen aus der Nachbarschaft auf seinem Hof. Oft arbeitete er bis spät in die Abendstunden und an Samstagen. Er kümmerte sich um die Autos und seine Frau um die Kunden und die Buchhaltung. Die beiden waren das einzige der drei Paare, das ihren Traum von Anfang an verwirklicht sah. Assens fühlten sich in ihrer Ruhe gestört; aber sie bekamen bald Kinder, zwei schreiende Jungen, kurz hintereinander, und damit war es mit der Ruhe ohnehin vorbei. Johnsons dagegen bekamen keine Kinder, sosehr sie es sich auch wünschten. Als auch Reifs einen Sohn zur Welt brachten, war zu beobachten, wie die Johnsons zusehends unglücklicher wurden. Gehäuft drangen lautstarke Auseinandersetzungen zum einen oder zum anderen Nachbarhaus herüber. Sowohl Assens als auch Reifs kümmerten sich um das Paar, das sich mehr und mehr zurückzog. Dabei gingen die Assens den Reifs tunlichst aus dem Weg, obwohl es niemals eine Auseinandersetzung gegeben hatte. So ging es jahrelang.

Wer Frau Johnson dazu überredete, eine Gartenparty zur Feier fünfzehnjähriger Nachbarschaft für die gesamte Straße zu organisieren, ist nicht mehr nachvollziehbar. Jedenfalls zogen Assens und Reifs zum ersten Mal an einem Strang. Sie hofften wohl, Johnsons damit aus ihrer Lethargie herauszureißen. Als Frau Ass am Tag vor dem Fest zum Großeinkauf fahren wollte, sprang ihr Wagen nicht an. Hilflos wandte sie sich an Frau Reif. Es gehe um die morgige Party, erklärte sie. Frau Reif schickte sofort ihren Mann hinüber, der alles stehenließ und den Wagen binnen zwei Stunden startklar machte. Das sei umsonst, ein Nachbarschaftsdienst, erklärte er, es gehe um die morgige Party.

Auf der Party zeigte Ludwig Reif stolz die Zeichnungen seines Sohnes herum. „Ganz mein Sohn", rief er mit geschwellter Brust. Florian Reif war erst sieben und er zeichnete mit Vorliebe, sehr detailgetreu und durchdacht, futuristische Autos und Fluggefährte sowie mechanische Phantasie-Konstruktionen. Manchmal versuche er auch, seine Konstruktionen mit ihm nachzubauen, erzählte der Vater, aber Florian verliere zu schnell die Geduld und schleiche dann frustriert zurück in sein Zimmer, um noch kompliziertere Gebilde zu zeichnen, die niemals jemand bauen konnte.

Das Ehepaar Ass stellte erstaunt fest, dass die Reifs eigentlich ganz nett und dass Florian durchaus intelligent und begabt war. Ihre eigenen Söhne, Stefan und Robert, waren zwölf und dreizehn, sie konnten sich weder für das Zeichnen und Malen noch für die Musik oder das Lesen recht begeistern; sie waren so gar nicht nach den Eltern geraten. Ihre Noten waren mittelmäßig, am liebsten lasen sie Comics, spielten Fußball und fuhren mit ihren Rollschuhen durch die Gegend. Reifs stellten fest, dass die Assens gar nicht so arrogant waren, wie sie sich immer gaben.

Während ihre Nachbarn sich nach fünfzehn Jahren an einem lauen Juliabend im Garten endlich näherkamen, verzog sich die Gastgeberin heimlich ins Bett. Sie habe Migräne, sagte sie zu ihrem Mann. Natürlich reagierte dieser mit Unverständnis. Den finalen Streit der Johnsons, bei dem Gegenstände und Schimpfworte durchs Schlafzimmer flogen, bekam im Garten niemand mit. So kam es, dass die Gartenparty ihren eigentlichen Zweck verfehlte. Kurz darauf gaben die Johnsons ihr Haus auf und gingen getrennter Wege fort. Weder Assens noch Reifs hörten jemals wieder von Herrn oder Frau Johnson. Die Familien Ass und

Reif jedoch fanden durch diese Feier wenn schon nicht zu einem innig-freundschaftlichen, so doch zu einem respektvoll-nachbarschaftlichen Verhältnis. Ihre Söhne trugen das Übrige dazu bei: Der kleine Florian hatte sich auf der Party mit den Älteren in die Werkstatt seines Vaters geschlichen. Er wurde zwar tags darauf fürchterlich geschimpft, weil das Werkzeug nicht auf seinem Platz lag und eine unerklärliche Beule in der Fahrertür des Wagens war, der über der Hebebühne stand. Aber Stefan und Robert kümmerten sich seitdem rührend um den Kleinen. Sie interessierten sich nicht mehr nur für Comics, Fußball und Rollschuhe, sondern auch für Autos. Sie brachten Florian das Rollschuhfahren bei, und es gelang ihnen sogar, die eine oder andere seiner absurden mechanischen Konstruktionen zu bauen.

Drei Jahre nachdem Robert und Stefan Ass sich in Assling umbenannt und ihr Transportunternehmen gegründet hatten, trafen sie Ludwig und Florian Reif zum ersten Mal in ihrem Elternhaus. Das Ehepaar Ass hatte alle zusammen am Pfingstsonntag zum Braten eingeladen. Denn Ludwig war gerade Witwer geworden. Er war verzweifelt und einsam. Er sei gerade erst Mitte fünfzig, sagte er, er sei gesund und jung. Er mache sich sorgen, ob er einen Job finde, nachdem er dreißig Jahre lang selbständig gewesen war. Er habe Angst, zuhause herumzusitzen, arbeitslos, ohne eine Aufgabe. Dennoch werde er seine Werkstatt wohl aufgeben müssen, allein schaffe er das nicht mehr. Florian hatte gerade seine Ausbildung als technischer Zeichner beendet und eine recht ordentlich bezahlte Stelle bei einem Elektro-Hersteller gefunden. Er sollte seinen eigenen Weg gehen, sein Florian.

Als Stefan und Robert später allein mit Florian waren, kam dieser wieder auf seinen Vater zu sprechen. Ludwig hatte seiner Frau ein ganz besonderes Geschenk zum drei-ßigsten Hochzeitstag machen wollen. Er wollte ihr eine Limousine umbauen – zur Stretchlimousine. Florian hätte die beiden an ihrem Ehrentag zum teuersten Restaurant der Stadt chauffieren sollen. Er hatte sich viele Male von seinem Vater anhören müssen, wie er sich diesen Tag und die Reaktion seiner Frau auf die Stretchlimousine vorstell-te. Florian hatte sogar schon die ersten Entwürfe gezeich-net und seinem Vater bei der Kalkulation geholfen.

Robert und Stefan sahen sich an. Die Brüder wussten, dass sie gerade dieselbe Idee durchdachten.

Sonntags darauf besuchten sie wieder ihre Eltern. Sie blieben nur kurz. Sie hatten es eilig, zu Ludwig Reif hinü-berzugehen und ihm ihr Angebot zu unterbreiten. Die As & As GmbH hatte gerade expandiert. Sie hatten die ersten beiden Auslandsniederlassungen eröffnet, die Auf-tragslage übertraf sämtliche Erwartungen.

Acht Monate später wurde die Stretchlimousine, die Ludwig Reif mithilfe seines Sohnes für As & As gebaut hatte, feierlich eingeweiht. Ludwig hielt den Wagen nicht nur in Schuss und auf Hochglanz, er war auch der erste Chauffeur der Brüder Assling. Elf Jahre lang. Er war erst sechzig, als er starb. Er starb auf der Hebebühne in der Firmenwerkstatt, unter der Stretchlimousine liegend, an einem schweren Herzinfarkt. Er war glücklich, als er starb. Dass er die Stretchlimousine Corinna genannt hatte, in Andenken an seine verstorbene Frau, das wusste niemand.

Seit vier Jahren gab es keinen eigenen Kfz-Mechaniker mehr, der sich ausschließlich um Ludwig Reifs ‚Erbe' küm-merte. Vier Kfz-Mechaniker arbeiteten am Hauptstandort, die sowohl die Stretchlimousine als auch sämtliche Lkws der Firma pflegten. Die Stretchlimousine war nicht nur sehr lang, sie war auch optimal auf die Bedürfnisse von Geschäftsleuten ausgerichtet. Ein schwarzer Bentley, den Ludwig auseinandergeschnitten und verlängert hatte. Den Innenraum hatte er schlicht, praktisch und komfortabel zugleich gestaltet. Für die Passagiere gab es zweimal zwei gegenüberliegende Sitzreihen mit je einem ovalen Tisch dazwischen, auf dem nach Bedarf Unterlagen ausgebreitet werden konnten. In die beiden Tische eingebaut war je eine Minibar, eine antiquiert wirkende Espressomaschine, ein Wassertank, eine Halterung für Gläser, eine Schublade für Espressotassen, Löffel, Zucker, Knabbereien, ein kleiner Mülleimer und ein Korb für das gebrauchte Geschirr. Auf den Sitzbänken fanden, wie in anderen Limousinen auch, bis zu drei Personen Platz, sodass zwölf Personen im verlängerten Fond mitfahren konnten. Das Interieur war geschmackvoll. Der Boden war mit dunkelrotem Teppich ausgelegt, die Sitze waren mit braunem Leder bezogen und sehr bequem. Neben den beiden Bänken, die in Fahrtrichtung ausgerichtet waren, hatte Ludwig Türen eingebaut. Der Wagen hatte also insgesamt drei Türen auf jeder Seite. Zwischen den beiden Sitzgruppen, also zwischen den einander abgewandten Rückenlehnen, war eine kleine Musikanlage und großzügiger Stauraum: Falls eine größere Gruppe von Gästen zu transportieren war und der Kofferraum für das Gepäck nicht ausreichte, konnte man die Sitze umklappen, die Koffer dazwischenstellen und die Sitze wieder hochklappen. Zwischen dem Fahrer- beziehungswiese dem Beifahrersitz und der herabfahrbaren Trennwand war ebenfalls noch etwas Stauraum. Dafür war Thorsten sehr dankbar. Er konnte seine Plastiktüten, die eine mit dem löchrigen Siphon und dem porösen Dichtungsring, die andere mit dem dreckigen Hemd, von den Fahrgästen unbemerkt hinter seinen Sitz legen. Der Bentley war ein räumliches Wunder!

Stefan Assling bestieg geschickt und flink die Stretchlimousine. Während Thorsten daneben stand und überlegte, wo er anpacken solle, schwang Assling sich blitzschnell von seinem Rollstuhl auf den Beifahrersitz, klappte den Rollstuhl ebenso schnell zusammen und hob ihn hinter seinen Sitz. Thorsten stand noch immer da, er hatte gerade mal seine Hand ausgestreckt.

„Können wir?", fragte Stefan Assling.

Um seine Verlegenheit zu überspielen, deutete Thorsten eine Verbeugung an, ließ die Beifahrertür ins Schloss gleiten und stieg selbst ein.

Stefan Assling wirkte angespannt. Thorsten möge entschuldigen, sagte er, aber er habe mörderische Kopfschmerzen, gehöre eigentlich ins Bett. Er werde die Fahrt über nur dasitzen, die Augen geschlossen halten und nichts sagen.

Nichts verlief an diesem Tag reibungslos. Zum Parken am Flughafen gab es eine Ausnahmegenehmigung, weil die Stretchlimousine auf keinen normalen Parkplatz passte. Ihr angestammter Parkplatz aber war besetzt. Verbotenerweise stand dort ein Kleinwagen, genau in der Mitte. Thorsten wartete eine Viertelstunde in zweiter Reihe und erntete zahlreiche Beschimpfungen. Der Fahrer des Kleinwagens kam erst angelaufen, als Stefan Assling ihn im Flughafen ausrufen ließ.

Die Spanier kamen vierzig Minuten verspätet an. Stefan Assling war anzusehen, dass er litt. Als er schließlich seine Geschäftsfreunde begrüßte, war er wie ausgewechselt. Sein Spanisch war recht gut.

Was nicht ankam, war der Koffer des kleineren Spaniers. Thorsten kümmerte sich darum. Er lief vom einen zum anderen Ende des Flughafens und wieder zurück. Noch mal vierzig Minuten vergingen, bis er mit der Nachricht zurückkam, dass der Koffer irrtümlich nach Amsterdam geflogen sei und mit der nächsten Maschine geschickt werde.

Als sie im Restaurant ankamen, in dem reserviert war, hieß es, man schließe in zehn Minuten. Die Mittagszeit sei vorbei, man habe erst abends wieder geöffnet. Es täte ihnen sehr leid.

Sie fanden ein Lokal in der Nähe, das durchgehend geöffnet war.

„Eine gute Stunde, nicht viel länger", raunte Stefan Assling Thorsten zu.

Thorsten würde in dieser Gegend ohnehin keinen Parkplatz finden. Er fuhr vier Kilometer weiter, bis zum Baumarkt. Am hinteren Ende des Großparkplatzes konnte er den Wagen quer abstellen. Er kaufte Siphon und Dichtungsring. Dann lief er zu der Reinigung, die er im Vorbeifahren wahrgenommen hatte. Erst im Geschäft fiel ihm auf, dass er das Hemd im Wagen vergessen hatte. Entnervt kehrte er um. Er lief nicht noch einmal zur Reinigung zurück. Stattdessen setzte er sich in den Fond der Stretchlimousine, in den vorderen Teil, und machte sich einen Espresso. Wie angenehm, immer ein Wohnzimmer mit Espressomaschine dabei zu haben, dachte er. Oder eher: zwei Wohnzimmer mit zwei Espressomaschinen.

Als er in zweiter Reihe vor dem Lokal hielt, gab er per SMS Stefan Assling Bescheid, dass die Stretchlimousine vor der Tür stehe. So war es ausgemacht. Es dauerte dennoch lange, bis die drei Herren den Wagen bestiegen.

Thorsten betrat mit Stefan Assling das Verwaltungsgebäude. Assling rollte, Thorsten lief nebenher. Assling wollte in sein Büro (eigentlich viel lieber in sein Bett), Thorsten zu Jasmin.

Jasmin unterhielt sich mit einem jungen Pärchen, das offensichtlich Lagerraum im bunten Glaswürfel beansprucht hatte. Stefan Assling und Thorsten blieben stehen. Dem Gespräch war zu entnehmen, dass das Paar, sie konnten nicht älter als zwanzig sein, sich einen Transporter geliehen hatten, um irgendwelche Möbel einzulagern. Nun sprang das eigene Auto nicht mehr an, das sie am Morgen auf dem Firmengelände abgestellt hatten. Sie würden es über Nacht stehenlassen. Ob das ein Problem sei? Und wie käme man zur U-Bahn-Station?

Bei dem Wort U-Bahn-Station lief Thorsten ein kalter Schauer über den Rücken. Er musste an das Gebüsch denken, das er zum Glück hinter sich gebracht hatte. Er bückte sich zu Stefan Assling hinunter und raunte ihm etwas zu. Dieser zog zweifelnd die Augenbrauen hoch.

„Das ist die beste Mundpropaganda, die es gibt", flüsterte Thorsten. „Diese jungen Leute bringen uns zwar nicht viel Umsatz, aber sie werden all ihren Freunden vorschwärmen, dass sie mit der Stretchlimousine nach Hause gebracht wurden. Solche Gelegenheiten kurbeln das Geschäft an. Wenn auch nur das kleine."

Stefan Assling nickte zustimmend, lächelte müde und rollte davon.

Thorsten trat hinter das Paar, zwinkerte erst Jasmin zu, dann räusperte er sich laut. Erschrocken drehte sich das Paar zu ihm um.

„Darf ich Ihnen ehrerbietig meine Dienste anbieten", sagte er, indem er sich theatralisch verbeugte und mit ausladender Geste seinen Hut zog. „Ich bin Thorsten Spieß,

Ihr Chauffeur. Die Fahrt geht aufs Haus. Bitte folgen Sie mir."

Jasmin schmunzelte und das junge Paar lief ihm zögernd hinterher.

Auf der Fahrt hatten die beiden Spaß. Durch die Trennscheibe hörte er sie kichern und glucksen.

Als Thorsten nach seinem Abstecher zum Fitnessstudio, wo er sich nur umgezogen hatte, nach Hause kam, machte Susanne ihm eine Szene. Er habe nur zum Baumarkt gewollt, und nun sei er fünf Stunden unterwegs gewesen. Ob er sich denn zuhause gar nicht mehr wohlfühle, dass er jeden Tag so lang unterwegs sein müsse. Ob er vergessen habe, dass sie zuhause sitze und warte, in der Küche wieder das Wasser andrehen zu können. Ob sie schuld sei, dass er von zuhause fliehen müsse. Und so weiter und so fort.

Während er unter der Spüle lag, den Siphon reparierte, schwitzte und nichts sah, beschloss er, Susanne die ganze Geschichte einfach zu erzählen.

Als er aber das Wasser wieder andrehte, war Susanne nicht mehr ansprechbar.

Stefan Assling war nicht der Einzige gewesen an diesem Tag, der starke Kopfschmerzen hatte.

Hetzen Sie nicht durch den Tag

Als er morgens erwachte, hing er einem Traumbild hinterher, das er nicht so recht greifen konnte. Er streckte sich und griff danach, aber es glitt ihm zwischen den Fingern hindurch, mochte sich nicht noch einmal zeigen, zog ihn wieder hinab in den Traum und verschwand dort in der Ferne. Ziellos lief er eine Weile umher, bis er die Suche leid war.

Als Thorsten zum zweiten Mal erwachte, schien die Sonne gelb auf sein Bett. Thorsten blinzelte, aber er wurde diesen gelben Filter nicht los, der sich über die Welt gelegt hatte. Selbst der Kaffeeduft schien gelb zu sein.

Heute war es Thorsten, der Kopfschmerzen hatte. Seufzend stieg er aus dem Bett. Je eher er eine Kopfschmerztablette nahm, desto besser.

„Danke, dass Du den Siphon repariert hast", sagte Susanne, ohne sich umzudrehen, als Thorsten die Küche betrat. Sie saß mit dem Rücken zu ihm am Frühstückstisch.

„Noch sauer?"

„Nein."

„Hör mal", begann Thorsten, während er an der Anrichte stand und sich Kaffee einschenkte. „Heute werde ich wieder den ganzen Tag unterwegs sein. Als erstes gehe ich ins Fitnessstudio, am späten Vormittag. Und dann ..."

Er drückte eine Aspirin aus der Verpackung und schluckte sie mit dem ersten Schluck Kaffee. Es war eine einzige, fließende Bewegung: Die Tablette führte er mit der Rechten zum Mund, den Kaffee mit der Linken; sobald die

Tasse die Lippen berührte, hob er sie in großem Bogen in die Luft, am ausgestreckten Arm so weit wie möglich vom Körper entfernt, während er eine halbe Drehung vollführte, einen Tanzschritt. Den Kaffee prustete er dabei in die Spüle. Er war noch viel zu heiß.

Susanne konnte sich ein Grinsen nicht verkneifen. Sie kaute und grinste.

„So, ins Fitnessstudio? Das sind ja ganz neue Töne."

Lautlos fluchend fischte er die Tablette aus der Spüle und verwahrte sie im Mund, bis er sich ein Glas Wasser eingeschenkt hatte.

„Geh Du ruhig", sagte Susanne. „Während Du Dich im Fitnessstudio abquälst, lege ich mich mit Birgit an den See. In aller Ruhe, während der Kleine im Kindergarten ist. Am See liegen ist ja eh nicht Dein Ding."

Damit stand sie auf, gab ihm, noch immer kauend, einen flüchtigen Kuss und verschwand mit der angebissenen Scheibe Brot ins Bad.

Die Tür öffnete sich noch einmal. „In einer Viertelstunde holt sie mich schon ab", erklärte Susanne.

Lustlos setzte sich Thorsten mit einer neuen Tasse Kaffee an den Tisch und blätterte in der Zeitung.

Gute zehn Minuten später schon kam Susanne aus dem Bad geflogen, in einem leichten Kleidchen, unter dessen Trägern der Bikini hervorblitzte. Sie stopfte Handtücher und ein paar andere Dinge in ihre große, weiß-blau-gestreifte Leinentasche. Dann flog sie in die Küche, beugte sich über den Tisch und kritzelte ein paar Zeilen auf den Notizblock.

Sie hob den Kopf und sah ihn prüfend an. „Fitnessstudio?", fragte sie ungläubig. „Tss!"

Es klingelte an der Tür.

„Bist Du heute Abend daheim? Bei Dir weiß man ja zurzeit nie ...", rief sie ihm zu, während sie zur Haustür eilte.

„Ich treffe mich wahrscheinlich mit Jo", rief er ihr hinterher. Das war das Erstbeste, was ihm einfiel.

Die Tür fiel ins Schloss. Und schon war sie weg.

Eine Lüge aus heiterem Himmel. Der nicht mehr gelb war. Auch die Kopfschmerzen wurden schon leichter – aber die Sorgen nicht. Fitnessstudio? Jo? Langsam schüttelte Thorsten den Kopf. Eigentlich hatte er sagen wollen: „Erst gehe ich ins Fitnessstudio und dann fahre ich mit einer Stretchlimousine Geschäftsleute durch die Stadt. So wie gestern auch schon."

Er räumte den Frühstückstisch auf und goss sich den letzten Rest aus der Kaffeekanne ein, bevor er den Notizblock nahm und las:

Hetzen Sie nicht durch den Tag, lieber Thorsten. Durch Eile gewinnen Sie auch keine Zeit. Und am Ende kommt sowieso alles anders, als Sie denken. Nehmen Sie sich ruhig Zeit für die Dinge, die Ihnen wichtig erscheinen. Das werden auch andere Ihnen danken.

Er wählte Jos Nummer. Er vermisste ihn, den alten Freund. Aber Jo war nicht erreichbar.

Und damit hatte er kein Alibi für den Abend.

Wenn er im Fitnessstudio zum Schein – und um die Lüge Susanne gegenüber aus der Welt zu schaffen – ein bisschen trainieren wollte, musste er entsprechende Kleidung mitnehmen. Er ging also nicht duschen – das würde er erst nach dem Training tun –, sondern ins Schlafzimmer, um die unterste Schublade zu durchforsten. Das Ergebnis waren zwei Jogginghosen, die er noch tragen konnte, und ein gutes Dutzend, das er ausmistete. Die zwei alten Trainings-anzüge wollte er ebenfalls entsorgen. Wo kam all das Zeug nur her? Er legte alles locker zusammen und stopfte es in einen Müllsack. Den ließ er im Flur und legte ein Blatt aus Susannes Notizbloch darauf: *Mir ist ein Vorstellungsgespräch als Portier in einem Fünf-Sterne-Hotel dazwischengekommen. Habe bei dieser Gelegenheit meine alten Trainingsanzüge aus-gemistet. Einen habe ich gefunden, der zerschlissen genug ist, dass ich ihn tragen kann.*

Darunter malte er ein Smiley. Wenn schon lügen, dann offensichtlich, sagte er sich. Susanne würde darüber la-chen.

Und auch Thorsten hatte wieder bessere Laune.

Bevor er das Haus verließ, las er noch einmal das heu-tige Horoskop von Susanne: *Hetzen Sie nicht durch den Tag, lieber Thorsten. Durch Eile gewinnen Sie auch keine Zeit ...*

Langsam hatte er den Verdacht, dass er besser daran tat, ihre Zeilen zu beherzigen.

Nachdem er zwanzig Minuten lang auf dem Hometrainer Fahrrad gefahren war, probierte Thorsten noch zwei, drei andere Geräte aus, um Arm-, Bein- und Bauchmuskeln zu trainieren. Spaß machte ihm das keinen, aber es konnte nicht schaden, entschied er. Und irgendwie beruhigte es sein Gewissen.

Als er in Anzug und Chauffeursmütze das Fitnessstudio verließ, schlug ihm eine Wand aus feuchter Hitze ent-gegen. Zu Fuß durchquerte er diese Wand. Der Straßen-verkehr kam ihm lauter, ungeduldiger und aggressiver vor als sonst. Als er am Empfang der Firma As & As ankam, war Thorsten, frisch geduscht, bereits wieder nassgeschwitzt. Es war der bisher heißeste Tag des Jahres.

„Irgendwelche Planänderungen?", fragte er Jasmin, die

ihre Lockenpracht mit einer großen weißen Stoffblume auf den Kopf gesteckt trug.

„Nein."

„Wie geht es Bobo?"

„Nicht gut. Er will nichts fressen, kotzt mir die Wohnung voll und weigert sich, mein Bett zu verlassen. Und er schläft sonst nie in meinem Bett. Wirklich nur dann, wenn es ihm dreckig geht. Außerdem glaube ich, er hat Fieber. Ich mache mir ernsthaft Sorgen. Sein Antibiotikum musste ich ihm heute Morgen zweimal geben. Das erste Mal hat er es sofort wieder ausgespuckt."

„Muss ich ihm mittags Medikamente geben?"

„Du willst wirklich nach ihm sehen?", fragte Jasmin mit großen Augen.

„Na klar, hab ich doch gesagt."

„Oh, das ist so lieb von Dir! Ja, eine halbe von den Tabletten, die auf dem Küchentisch liegen. Und er sollte ausreichend trinken. Wenn er es nicht freiwillig tut, flöße ihm Wasser mit der Spritze ein."

Jasmin gab ihm ihre Adresse, eine genaue Vorstellung, wo das sein musste, und ihren Wohnungsschlüssel mit auf den Weg.

Ein gutgelaunter Robert Assling stieg zu Thorsten in den Wagen und erzählte von dem Modelabel, für das As & As Container über Container mit Kleindung von Indien nach Italien transportierte und von dort, mit Etiketten versehen, quer über Europa verteilte. Thorstens zweifelnden Seitenblick bemerkte er nicht. Im Moment komme die Marke auch in Skandinavien schwer in Mode, erklärte Assling weiter, und wolle dort dreißig Filialen innerhalb der nächsten vier Jahre eröffnen. Und As & As war mit im Boot.

Er zupfte an seinem beigefarbenen Leinenjackett, in dem er nicht zu schwitzen schien.

„Das da hat Luca Lucretti mir vergangenes Jahr mitgebracht", erklärte er grinsend. „Mal sehen, ob er auch heute wieder meinen Kleiderschrank um ein edles Stück bereichert."

Während sich Thorsten entspannte, weil die Fahrerkabine der Stretchlimousine auf dem Weg zur Messe auf eine erträgliche Temperatur herunterkühlte, erfuhr er die absurde Geschichte, wie Robert Assling den aufstrebenden Modezaren kennengelernt hatte. Robert Assling schien Talent darin zu haben, durchgeknallte Typen auf verrückte Weise kennenzulernen, dachte sich Thorsten. Er selbst war auch so ein Beispiel.

Als sie an der Messe ankamen, wo Luca Lucretti bereits Zigarillo rauchend mit seiner Assistentin vor dem Haupteingang wartete, grinsten sie beide vor sich hin – jeder aus einem anderen Grund.

Lucretti schien einen extravaganten Lebensstil zu führen, wie es ihm für einen erfolgreichen italienischen Mann aus der Modebranche angemessen erschien. Vor allem schien er jedes Jahr, wenn er den Asslings anlässlich der Modemesse einen Besuch abstattete, einen anderen Lebensstil zu führen. Das machte sich unter anderem bei seinen Essgewohnheiten bemerkbar. Mal schwärmte er von der deftigen deutschen Küche, wollte Nieren, Kutteln und alle Innereien kosten, derer er habhaft werden konnte, und brüstete sich damit, überall auf der Welt ausschließlich lokale Spezialitäten zu essen und sich den Essensgewohnheiten anzupassen, beim Frühstück angefangen. Im darauffolgenden Jahr war sein Lieblingsthema die strikte

Diät, der er sich unterzog und die ihm jegliche Kohlenhydrate strengstens verbot. Im dritten Jahr hatte er eine Aversion gegen warme Speisen entwickelt und ernährte sich ausschließlich von Süßspeisen, Obst, Antipasti, Käse und Brot. Vor allem das breite Spektrum des in Deutschland erhältlichen Brotes hatte es ihm angetan – von dunklem Bauern- über Gewürz- und Vollkornbrot bis hin zu Sauerteig. Dieses Jahr war er schon immer ein Fan der indischen Küche gewesen und lebte seit Jahren vegan. Auch die Assistentinnen, die Lucretti begleiteten, wechselten von Jahr zu Jahr. Im Gegensatz zu seinen kulinarischen Vorlieben aber waren sie alle vom selben Typ.

Thorsten setzte Robert Assling und Luca Lucretti samt Assistentin vor dem indischen Restaurant ab und vertraute dem Navi zur Sicherheit Jasmins Adresse an.

Jasmin wohnte in der Innenstadt, gegenüber der Stadtmauer, unweit der Stelle, an der Thorsten, eine Katze und ein paar Tauben vor ein paar Tagen einem Kind das Leben gerettet und Thorsten Spieß und Robert Assling sich auf verrückte Weise kennengelernt hatten. Durch die engen Gässchen eine Stretchlimousine zu steuern, war nicht einfach. Für diese dort einen Parkplatz zu finden, war unmöglich. Er hätte wohl doch den Wagen in der Nähe des Lokals abstellen und herüberlaufen sollen, dachte Thorsten.

Nach einigem Herumgekurve parkte er außerhalb der Stadtmauer, traf wieder auf die Wand aus heißer, feuchter Luft, als er ausstieg, und eilte schwitzend zu seinem Einsatzort. Ein unbekannter kranker Kater wartete. Hetze nicht durch den Tag, ermahnte er sich, als er zum Stadttor hineinging, schräg hinter der Bank, wo er gemeinsam mit einer Katze und ein paar Tauben vor ein paar Tagen einem kleinen Kind ... Na, Sie wissen schon ...

Thorstens erste Begegnung mit Bobo verlief nicht gerade harmonisch. Dabei fing es so friedlich an. Thorsten betrat die helle Wohnung und fühlte sich sofort heimisch inmitten der hellen Möbel, der luftigen Stoffe, der Vielfalt an Teppichen, Bildern und natürlich Pflanzen. Die Wohnung wirkte gemütlich und einladend, weiblich und verspielt, weder zu voll, noch zu penibel aufgeräumt. Überall sah er hübsche Details, die sich zwar zu widersprechen schienen, aber ein harmonisches Ganzes bildeten. Und immer wieder Pflanzen. Ein Feigenbaum reckte sich neben der Terrassentür der hohen Decke entgegen, unzählige Orchideen und Kakteen blühten, einen Orangenbaum erkannte er. Die Wände waren herausgerissen, stattdessen trennten hohe Bücherregale, Stoffe und Spaliere mit Kletterpflanzen die Zimmer ab. In der Küche wuchsen Haken mit Kochgeschirr aus einem mächtigen Birkenstamm, der aussah, als wäre er ganz natürlich durch Boden und Decke hindurchgewachsen. Bewacht wurde er von einer afrikanischen Holzskulptur, die eine kolorierte Tuschezeichnung an der Wand gegenüber betrachtete. Thorsten konnte sich kaum sattsehen in dieser Wohnung. Jasmin. Ja, das war Jasmin. So lebte sie. So war sie. Nur den Kater konnte er nirgendwo finden.

Auf dem Küchentisch lagen Bobos Medikamente und eine Plastikspritze bereit, daneben wartete ein großes Stück Rhabarberkuchen auf ihn, abgedeckt von einem Küchentuch. Eine Haftnotiz wies den Kuchen eindeutig als Thorstens Mittagessen aus.

Das Schlafzimmer war durch weiße und bunte Vorhänge und durch einen riesigen Kleiderschrank abgetrennt, der von hinten nicht als solcher zu erkennen war. Thorsten setzte sich vorsichtig auf den Bettrand und staunte. Er ließ die Atmosphäre des Raums auf sich wirken.

Er fühlte sich, als wäre er in Jasmins privates Heiligtum eingedrungen, in einen verbotenen inneren Kreis.

Als er sich vorsichtig erhob, wurde er von einer plötzlichen, heftigen Bewegung, die wie ein Blitz quer durch den Raum schlug, dermaßen überrascht, dass er strauchelte und zurück aufs Bett fiel. Bobo war erschrocken, war in Panik aus Jasmins Kopfkissen geflohen und zum anderen Ende der Wohnung gerast.

Thorsten fand den verschreckten Kater unter der Couch wieder. Nach ein paar Fehlversuchen, während denen er nur Bobos große, runde, leuchtende Augen unter dem Möbel zu sehen bekam, machte er sich auf die Suche nach einem Mittel zur Katzenverführung.

Im Kühlschrank fand er ein Stück Feta.

Trotz guten Zuredens funktionierte der Feta erst, als er ein winziges Stückchen auf den Boden legte. Aus der Hand eines Fremden wollte Bobo nicht fressen. Hast schon recht, dachte Thorsten. Dann raste Bobo wieder davon, hinterließ eine Spur wackelnder Gegenstände und landete knapp unter der Decke auf einem Schrank. Thorsten stand ratlos da. Der Kater ließ sich nicht locken. Stoisch saß er aufrecht auf dem Schrank und beobachtete den Eindringling, fest entschlossen, den Posten erst aufzugeben, wenn Thorsten die Wohnung verlassen hatte.

Das Handy in Thorstens Hosentasche vibrierte. Robert Assling schrieb, dass man bereit zum Aufbruch war.

War die Zeit so schnell vergangen in dieser Wohnung? Ohne dass Thorsten seinen Auftrag erfüllt hatte?

Als Thorsten die Wohnungstür öffnete, miaute der Kater ihm hinterher.

Thorsten drehte sich um. „Ja, bis später", rief er der statuenhaften Katze auf dem Schrank zu. Jetzt erst bemerkte er die rot-weiße Tigerzeichnung des Fells und den schwarzen Fleck unter dem Auge. War das etwa die Katze, die neulich auf dem Grünstreifen vor der Stadtmauer die Tauben fixiert hatte? Die Katze, die mit seiner und der Tauben Hilfe das Kind gerettet hatte? Nein, das war unmöglich, entschied Thorsten. Die Stelle war zwar nur knappe zweihundert Meter von dem Haus entfernt, in dem Jasmin wohnte, aber sie lebte im ersten Stock und Thorsten konnte sich nicht vorstellen, dass sie den Kater nach draußen ließ. Abgesehen vom Balkon natürlich ...

„Ich komme in ein, zwei Stunden wieder", erklärte er Bobo, „und dann gibt's Deine Tablette und Wasser. Und Kuchen für mich." Er lächelte dem Kater zu.

„Miau!", rief dieser ihm noch einmal leise hinterher, als Thorsten die Wohnungstür hinter sich zuzog.

Der Kater hat Humor, dachte Thorsten, bevor er wieder die heiß-schwüle Wand zwischen Jasmins Wohnung und der Stretchlimousine durchquerte.

Der Himmel war blau, die Sonne brannte.

Ausgerechnet die Therme wollte Luca Lucretti mit seiner Assistentin nach dem Essen besuchen. Am heißesten Tag des Jahres! Thorsten versuchte ihm erst das Freibad, dann den Baggersee schmackhaft zu machen. Robert Assling wunderte sich über sein fließendes Italienisch.

Aber Lucretti winkte ab. „Die Therme", bestimmte er, „ist an einem solchen Tag leergefegt. Wir haben sie ganz für uns."

Er lachte ein tiefes, schepperndes Lachen.

Als Thorsten den Italienern die Wagentür aufhielt, reichte ihm Robert Assling einen glänzenden Pappkarton, von dem stolz das silberne Logo von Lucrettis Modelabel herabblickte. Der Karton hatte seit der Herfahrt den Besitzer gewechselt. Der jetzige zwinkerte Thorsten verschmitzt zu. Also tatsächlich ein neues, edles Stück für seinen Kleiderschrank. Und wahrscheinlich gute Aussichten auf langfristige Aufträge zwischen Italien und Skandinavien.

Ein Mittagessen für einen Anzug, dachte Thorsten, und ein Chauffeur für einen lukrativen Auftrag. Von den Assling-Brüdern konnte man lernen.

Lucretti samt Assistentin brachte er zur Therme, den Chef zurück zur Firma – und das Hemd, das schon drei Nächte in einem Schließfach an der U-Bahn-Station und eine Nacht in einem Spind im Fitnessstudio verbracht hatte, endlich zur Reinigung. Zusammen mit dem Hemd, das er auf der gestrigen Tour durchgeschwitzt hatte.

Einer Eingebung folgend rief er am Flughafen an. Ja, das Gepäckstück des Spaniers, das gestern irrtümlicherweise nach Amsterdam geflogen war, sei inzwischen angekommen und stehe zur Abholung bereit, hieß es. Dann rief er Stefan Asslings Sekretärin an und ließ sich die Handynummer des Spaniers geben. Da dieser nicht erreichbar war, fuhr er kurzentschlossen zum Flughafen und holte den Koffer. Erst, als er ihn bereits an der Hotelrezeption abgegeben hatte, kam der Rückruf des dankbaren Spaniers.

„Wir tun alles, um unseren Kunden die Logistik zu erleichtern", witzelte Thorsten in holprigem Spanisch. „Der Transport einzelner Koffer ist gratis."

Dann fuhr er zurück zu Jasmins Wohnung. Diesmal hatte er drei Stunden Zeit.

Thorstens zweite Begegnung mit Bobo – oder war es bereits die dritte? – verlief in gegenseitigem Einverständnis.

Keiner erschreckte den anderen, Bobo blieb zwischen den Kissen liegen und sah Thorsten mit großen Augen an, als er sich in gebührendem Abstand neben ihn auf die Bettkante setzte. Diesmal durfte er ihn sogar streicheln. Bobo wirkte zerrupft und krank. Sein Köpfchen glühte. Vor dem Bett schimmerte eine Lache Katzenkotze.

Thorsten zog sich bis auf die Unterhose aus. Er wollte nur raus aus den verschwitzten Sachen. Jasmin war ja nicht da. Er wischte die Kotze auf, kraulte den Kater und überredete ihn schließlich, noch ein Stück Feta zu fressen, in das er die Tablette hineingedrückt hatte. Bobo schlabberte sogar einen Schluck vom Wasser, das Thorsten ihm ans Bett reichte.

Erst über dem Kuchen bemerkte Thorsten, wie hungrig er war. Gierig schlang er das große Stück hinunter, räumte das Geschirr in die Spülmaschine und trank ein Glas Wasser. Er hatte noch zwei Stunden Zeit, bis er einen der Asslings – diesmal wahrscheinlich wieder Stephan – und andere Besucher der Modemesse zum Dinner bringen musste.

Er legte sich nur einen Moment auf das Bett und streckte die nackten Gliedmaßen aus. Der Katzenkörper neben ihm hob und senkte sich.

Thorsten schreckte aus dem Schlaf, weil er ein Geräusch hörte, das er nicht zuordnen konnte. Er blinzelte. Es klang nach einem Kichern. Genauer: nach Jasmins Kichern.

Abrupt setzte er sich auf.

„Du fühlst Dich aber schon sehr heimisch hier bei mir", stellte Jasmin fest.

„Oh ... Entschuldige ...", stammelte Thorsten.

„Ich weiß ja, wie bequem mein Bett ist." Jasmin lachte.

Sie war schön wie immer. Und Thorsten nackt bis auf die Unterhose. Panisch suchte er nach seiner Kleidung. Er fand sie im Wohnzimmer.

„Wie spät ist es?", fragte er, während er in seine Hose schlüpfte.

Jasmin stand lässig gegen den Kleiderschrank gelehnt da, die Hand in die Hüfte gestützt.

„Zu spät", sagte sie ernst. „Vor einer halben Stunde hättest Du mit Stephan Assling losfahren sollen."

„Waaas? O Gott!"

Lächelnd beobachtete Jasmin, wie er sein Hemd schief zuknöpfte.

„Du musst so fest geschlafen haben, dass Du Dein Telefon nicht gehört hast", fuhr sie fort.

Beim letzten Knopf angekommen, bemerkte Thorsten den Fehler und knöpfte hektisch alles wieder auf.

„Der Chef wollte Dir nämlich mitteilen, dass sich das heutige Abendessen auf morgen Mittag verschoben hat. Ihm ist nämlich etwas dazwischengekommen und er musste dringend weg."

Thorsten hielt in der Bewegung inne. Er hörte ein entferntes Donnern.

„Und ... das heißt ...?", wagte er vorsichtig.

Ihr Gesicht war dem seinen auf einmal ganz nah. Sie roch herrlich nach ... nach ...

Nach Jasmin!

„Du kannst weiterträumen, wenn Du willst", sagte sie.

Sie wandte sich von ihm ab, um ihr unterdrücktes Lachen vor ihm zu verbergen, legte sich auf das Bett, genau dahin, wo er gerade noch gelegen war, und tauschte Zärtlichkeiten mit dem Kater aus.

Peinlich berührt und sehr erleichtert stand Thorsten daneben.

„Oder – falls Du schon ausgeschlafen hast – Du leistest mir beim Abendessen Gesellschaft. Wer in meinem Bett schläft, kann auch an meinem Tisch sitzen. Übrigens Dein Hemd ist immer noch offen."

Damit stand sie auf und ging kichernd in die Küche.

Während Jasmin kochte, stand Thorsten auf dem Balkon und betrachtete die großen, schweren Regentropfen, die sich vor ihm durch die dicke Wand aus heißer, schwüler Luft bohrten und sie endlich niederrissen. Das Donnergrollen kam näher. Danach erhellte Wetterleuchten den Horizont. Als ob Donner und Blitz die Reihenfolge vergessen hätten. Sie jagten einzeln über den Himmel und schienen nichts miteinander zu tun zu haben.

Während des Essens unterhielten sie sich angeregt. Sie breiteten ihre Lebensgeschichten voreinander aus. Ausgelassen lachten sie.

Thorstens und Jasmins erster gemeinsamer Abend war ein sehr stürmischer: Vor den Fenstern breitete der Himmel ein vorbildliches Gewitter für sie aus. Blitze durchschnitten ihn in hellen, silbrig glühenden Linien und zogen peitschenknallende Donnerschläge hinter sich her. Der Regen prasselte genauso kraftvoll, wie der Wind die Bäume beutelte.

Eilig rearrangierten Jasmin und Thorsten Blumenkübel auf dem Balkon und brachten die empfindlichsten Pflanzen in Sicherheit. Gemeinsam flößten sie Bobo, der sich nur geringfügig wehrte, sein Antibiotikum ein. Danach saßen sie auf der Couch, nah beieinander, ließen sich vor dem geöffneten Fenster vom kühlen Wind verwöhnen und genossen schweigend das Naturschauspiel.

Der Kater verschlief das Unwetter. Wenigstens kotzte er nicht mehr.

Als das Gewitter weitergezogen war und der Regen nur noch leicht nachtröpfelte, fuhr Thorsten die Stretchlimousine in ihre Garage und zog sich um. Er war froh, dass er nicht auch noch ins Fitnessstudio musste: Jeans und T-Shirt hatte er am Vormittag von dort mitgenommen und hinter dem Fahrersitz verstaut. Dort ließ er nun seine Dienstkleidung für morgen: Samstagmittag war er wie jetzt allein in der Garage und musste dort nicht schon in Chauffeursmontur erscheinen.

Es war schon spät, als er nach Hause kam.

„Wie war der Abend mit Jo?", fragte Susanne spitz, ohne ihn anzusehen.

„Er hat mich versetzt", antwortete Thorsten, ohne nachzudenken.

Mist! Schon wieder eine Lüge.

Nun blickte Susanne doch auf. Ihre Augen waren zweifelnde Schlitze, die Stirn hatte tiefe Furchen, als hätte dort der Blitz eingeschlagen.

„Und dann kommst Du trotzdem so spät nach Hause?"

„Bei dem Unwetter?", redete sich Thorsten heraus. „Ich habe mich lieber untergestellt, als hindurchzulaufen."

Den Rest des Abends redete sie kein Wort mehr mit ihm. Früh legte sie sich mit einem Buch ins Bett. Als Thorsten ebenfalls ins Bett ging, um zu lesen, lagen sie eine Weile so da, einander abgewandt, mit den Büchern in der Hand unter den Nachttischlampen. Bis Susanne ihr Bettzeug packte und den Raum verließ.

Lange lag Thorsten im Dunkeln und grübelte. Kein

Regentropfen, kein Windzug war mehr zu hören. Auch der Donner hatte keine Stimme mehr. Die Welt war in anklagende Stille verfallen. Nur der Widerschein von Blitzen hinter weit entfernten Wolken ließ von Zeit zu Zeit den schlaflosen Himmel schmerzhaft erleuchten.

Stelle Dich unangenehmen Situationen

Als er morgens erwachte, hing Kaffeeduft in der abge-
kühlten Luft. Nichts sonst. An diesem Morgen gab es
keinen Himmel. Stattdessen klaffte ein großes weißes Loch
draußen über der Welt. Thorsten wälzte sich im Bett
herum, starrte in das Weiß hinter der Fensterscheibe und
überlegte, wie er den Tag angehen sollte. Sein Auftrag
lautete: Mittags Lucretti plus Assistentin vom Hotel
abholen und am Flughafen absetzen. Dann schnell zurück,
Stephan Assling und einen Gast nach einer Besprechung
von der Firma abholen und zum Mittagessen bringen.
Während sie aßen, würde er Zeit haben, bei der Reinigung
vorbeizufahren und zwei frische gegen ein getragenes
Hemd auszutauschen. Das würde ab sofort zu seiner
Routine gehören: der Gang zur Reinigung. Genauso wie der
Besuch des Fitnessstudios, um sich umzuziehen und, um
keinen Verdacht zu erregen, zu trainieren.

So oft hatte er nun schon versucht, Susanne reinen
Wein einzuschenken – inzwischen hatte er es aufgegeben.
Seine Ehe litt unter dieser Situation. Susanne wurde immer
launischer und unzugänglicher – aber war das nicht schon
seit langem so gewesen? War die Ehe nicht schon an der
doppelten Arbeitslosigkeit der letzten fünf Jahre beinahe
gescheitert? Und was hatte es nun mit diesen seltsamen
Horoskopen auf sich? Steckte ein tieferer Sinn dahinter?
Legte Susanne ihre geheimen Sehnsüchte und Wünsche
von einem normalen, befriedigenderen Leben dorthinein?
Manche waren als indirekte Aufforderungen formuliert,
mit denen sie ihn eindeutig manipulieren wollte. Andere

waren inspiriert von der morgendlichen Zeitungslektüre und sonstigen Schnipseln aus Susannes Gedankenwelt. Wieder andere schienen aus dem Nichts zu entstehen ... Wie aber kam es, dass sich ihre morgendlichen Vorhersagen tatsächlich erfüllten? Sie konnte ja nicht wissen, was er tagsüber trieb ... Nein, sie wusste es nicht.

War es das wert? Dass ein vorübergehender Aushilfsjob, von dem er nicht einmal wusste, wie lang er ihm erhalten blieb, seine Ehe gefährdete? Oder sah er zu schwarz? Es war keine intellektuelle Herausforderung, aber er mochte den Chauffeursjob. Er kam unter Menschen, hatte eine Aufgabe, er mochte Robert und Stefan Assling – und Jasmin ... Ob es Bobo heute besser ging?

Seufzend schlug er die Bettdecke zurück und stieg aus dem Bett.

„Guten Morgen", sagte Thorsten, als er die Küche betrat.

Susanne schwieg.

Er nahm sich eine Tasse Kaffee und setzte sich an den Tisch.

Susanne schwieg.

„Wie hast Du geschlafen?", fragte Thorsten nach einer Weile.

Susanne blätterte geräuschvoll in der Zeitung und schwieg.

„Schade", sagte Thorsten und schmierte sich eine Scheibe Brot.

„Lass uns später einen Spaziergang machen und reden", sagte Susanne. „Nicht hier und jetzt."

„Wieso nicht?"

„Weil wir jetzt nur streiten würden."

„Ich nicht." Thorsten legte sein Brot aus der Hand. „Wieso glaubst Du, wir würden streiten?"

„Thorsten." Susanne wurde ärgerlich. „Lass uns einfach rausgehen. Ein paar Schritte laufen ..."

„Susanne ..." Er schüttelte den Kopf. Was sollte er sagen?

„Dann eben nicht!" Geräuschvoll schob sie im Aufstehen ihren Stuhl zurück und stampfte aus der Küche.

Eine Tür knallte.

Thorsten schloss die Augen und vergrub sein Gesicht in den Händen. Er versuchte, an nichts zu denken.

Nach einer Weile kam Susanne zurück, setzte sich wieder an den Tisch, schweigend, angelte sich den Notizblock und Stift und schrieb. Thorsten las von hinten mit:

Thorsten, heute musst Du Deine Bedürfnisse zurückstellen. Du tust gut daran, nachzugeben. Sonst entstehen unlösbare Konflikte. Stelle Dich unangenehmen Situationen.

Sie schien es ernst zu meinen.

„Warum duzt Du mich jetzt wieder, Susanne?"

„Ich duze Dich doch immer", antwortete sie. „Sollte ich Dich etwa siezen? Nach elf Jahren Ehe?"

„Na gut", seufzte Thorsten, „dann frage ich anders. Warum duzt mich dieses Horoskop?"

„Weil ich wütend bin. Ich kann Dir heute keine respektvoll gesiezten Botschaften schreiben."

„Ach so." Thorsten nippte an seinem Kaffee. Das Horoskop von seiner Frau und eine Tasse Kaffee, das gehörte zusammen wie die gewohnt förmliche Anrede zum Horoskop. „Dann habe ich Deinen Respekt nicht verdient, nur weil ich anderer Meinung bin als Du?"

Susannes Gesicht wurde mürrischer. „So habe ich das nicht gemeint."

„Gerade wenn wir unterschiedlicher Meinung sind,

sollten wir uns mit Respekt behandeln, findest Du nicht?"

Susanne stand auf. „Hör auf, mich zu schulmeistern", sagte sie im Hinausgehen. Wieder knallte eine Tür.

Nicht alle Horoskope von Susanne schienen in seinem neuen Berufsleben zuzutreffen. Zumindest das eine nicht, das sie aus Wut geschrieben hatte. Auf seiner Tour mit der Stretchlimousine nämlich konnte Thorsten weder unlösbare Konflikte noch unangenehme Situationen feststellen. Er verabschiedete den extravaganten, aufgekratzten Luca Lucretti und seine angebliche, junge Assistentin am Flughafen, er holte Stephan Assling und dessen Besucher in der Firma ab und brachte sie zu einem Biergarten. Er erledigte seinen Gang zur Reinigung und fuhr zurück zum Biergarten, holte sich ein Bier und setzte sich diskret an einen Tisch weit abseits von Assling und seinem Geschäftsfreund, während er darauf wartete, die Herren wieder zurückzufahren. Er wählte Jos Nummer

„Thorsten! Schon lang nichts mehr von Dir gehört. Mindestens drei Wochen nicht", begrüßte ihn sein alter Freund. „Bist Du untergetaucht?"

Thorsten erklärte ihm mühsam, dass er einen neuen Job hatte, vorübergehend, dass aber Susanne nichts davon wusste. Dass er ihn gestern Abend als Alibi missbraucht hatte. Und dass er ihn in den nächsten Tagen tatsächlich gern treffen wollte, auch, um ihm das alles ausführlicher zu erzählen.

Jo lachte. „Andere Männer brauchen ein Alibi, wenn sie sich mit einer anderen Frau treffen. Aber nein, Du brauchst ein Alibi, weil Du einen neuen Job hast. Typisch! Bei Dir liegen die Dinge immer ein bisschen anders. Als was, hast Du gesagt, arbeitest Du? Als Zuhälter? Oder als Call-Boy? Beim Geheimdienst?"

Auch Thorsten konnte sich ein Lachen nicht verkneifen. Er vermisste ihn sehr, den alten Freund. Nächste Woche würden sie sich treffen, vereinbarten sie.

Asslings Geschäftsfreund hatte sein Auto auf dem Firmengelände abgestellt, als er im Laufe des Vormittags zur Besprechung zu As & As gekommen war. Gemeinsam fuhren sie zurück. Als Thorsten die beiden bei den Besucherparkplätzen aussteigen ließ, raunte Stephan Assling ihm zu, er möge noch kurz in sein Büro kommen, wenn er die Stretchlimousine geparkt hätte, er habe noch etwas mit ihm zu besprechen.

Ihn erwartete doch noch eine unangenehme Situation. Genauer: eine schlechte Nachricht. Eine, die für jemand anderen eine gute war.

Stephan Assling kam ohne Umschweife zur Sache: „Karl Lauterbach hat gestern angerufen", sagte er.

Karl Lauterbach?

„Sein Schleudertrauma ist nicht so schlimm wie befürchtet."

Ah, der Chauffeur. Karl Lauterbach hieß er also.

„Er hat uns mitgeteilt, dass er ab Montag für drei Wochen auf Reha geht und danach voraussichtlich wieder arbeitsfähig ist."

Thorsten saß wie versteinert da. Er wartete.

„Ich dachte, ich sage es Ihnen lieber gleich", fuhr Assling fort. „Das tut mir ernsthaft leid für Sie, Herr Spieß. Wir haben uns bereits an Sie gewöhnt. Es ist angenehm, mit Ihnen zusammenzuarbeiten, und wir würden Sie gern behalten. Aber Herr Lauterbach hat nunmal einen laufenden Arbeitsvertrag."

Thorsten nickte. Zu mehr war er nicht fähig. Das war

absehbar gewesen. Aber so bald schon?

„Und, seien Sie ehrlich, Herr Spieß. Das ist kein Job für Sie. Sie sind zu ganz anderem qualifiziert. Sie brauchen eine geistige Herausforderung."

Überqualifiziert. Wie oft hatte Thorsten dieses verhasste Wort, diese verbale Ohrfeige in den vergangenen Jahren hinnehmen müssen.

Ausnahmsweise war er dankbar, dass er auf dem Heimweg im Fitnessstudio vorbei musste, um sich umzuziehen und seine Dienstkleidung für Montag in den Spind zu hängen. Dort reagierte er sich ab. Sehr ausgiebig und lange.

„Wo warst Du?", fragte Susanne, als er nach Hause kam.

„Zuletzt im Fitnessstudio", antwortete Thorsten wahrheitsgetreu und hielt seine Sporttasche hoch.

Den Rest des Tages redete sie kein Wort mit ihm.

Als sie schlafen ging, holte sie ihre Bettwäsche aus dem Schlafzimmer und richtete sich von vornherein auf der Couch ein.

Abermals lag Thorsten wach. Kein Gewitter lenkte ihn von seinen Gedanken ab. Keine Blitze unterhielten ihn, kein Sturm erleichterte seine Einsamkeit. Kein Regen, dem er lauschen konnte. Es war mucksmäuschenstill.

Auch die nächsten Tage redete Susanne wenig. Sie ging Thorsten aus dem Weg.

Thorsten ging zur Arbeit und zweimal täglich ins Fitnessstudio. Wenn er keinen Arbeitsauftrag hatte, lief er ziellos durch die Stadt. Dabei zog es ihn immer häufiger zu der Kreuzung am Stadttor, zu der Bank auf der Grünfläche vor der Stadtmauer, wo Anfang Mai eine Katze und eine

Schar Tauben mit seiner Hilfe einem Kind das Leben gerettet hatten. Wo er zum ersten Mal Robert Assling und der Stretchlimousine begegnet war. Wo Jasmin in ihrer unvergleichlich schönen Wohnung gleich um die Ecke wohnte. Die Frage ließ ihn nicht los, ob die Katze nicht doch Bobo gewesen sein konnte, damals, Anfang Mai ...

In den kommenden drei Wochen fuhr er die Manager, Abteilungsleiter und Mitarbeiter von Niederlassungen der Firma As & As aus mehreren Ländern durch die Gegend. Einmal im Jahr, wenn keine Messe stattfand, zu der Kunden der Firma zu Besuch in der Stadt erwartet wurden, bot man mehrere Schulungen in der Firmenzentrale an. Thorsten erlaubte das tiefere Einblicke in das internationale Unternehmen. Er lernte viele Kollegen kennen, mit denen er jeweils drei bis vier Tage zu tun hatte. Zu den Mittagessen wurde er mit eingeladen. Er sprach alle Sprachen, die er mehr oder weniger gut sprechen konnte. Er hatte Spaß dabei. Er fühlte sich wohl in diesem Unternehmen. Er genoss die kollegiale Atmosphäre.

Aber die Aussicht, bald wieder ohne Arbeit zu sein, schmetterte ihn nieder.

Und Susanne schrieb ihm keine Horoskope.

Achten Sie auf Ihren Weg

Als er morgens erwachte ... Na, Sie wissen schon: Die Sonne scheint oder auch nicht, kitzelt Thorsten an der Nase oder auch nicht, der Kaffee duftet, Thorsten steht auf, holt die Zeitung rein, frühstückt mit Susanne, die zunehmend schlechte Laune hat und bestimmt bald wieder Depressionen verfällt, sie schreibt ihm nach zweieinhalb Wochen endlich mal wieder ein Horoskop, das sich auf mysteriöse Weise erfüllt, ohne dass sie es ahnt – andernfalls würde ich ja kein neues Kapitel anfangen –, Thorsten geht ins Fitnessstudio, morgens und abends, fährt irgendwelche Kunden der Firma As & As durch die Stadt und zurück, verdrängt, dass er seinen Job bald wieder los ist, nähert sich wahrscheinlich Jasmin weiter an ... Immer dasselbe Spiel.

Aber es wird nicht immer so bleiben.

Wollen Sie dennoch wissen, welches Horoskop sich Susanne an diesem Morgen für Thorsten ausdenkt?

Folgendes:

Lieber Thorsten, bewegen Sie sich behutsam. Überlegen Sie sich gut, in welche Richtung Sie gehen und was wirklich wichtig ist. Achten Sie auf Ihren Weg. Lassen Sie sich nicht ablenken. Es könnte sonst unheilvoll enden.

Und wollen Sie wissen, inwiefern sich dieses Horoskop bewahrheitet?

Denken Sie wirklich, ich mache es Ihnen so einfach?

Nicht doch!

Nur eines verrate ich Ihnen: Thorsten lässt sich ablenken. Er achtet nicht auf seinen Weg. Nicht im entscheidenden Moment – und er endet tatsächlich unheilvoll, dieser Tag.

Aber es wird Zeit, dass wir Susanne kennenlernen. Richtig kennenlernen. Beginnen wir den Tag also noch einmal von vorne.

Spionage und Unterwasserwolken

Birgit hatte ihr den Rat gegeben.

Birgit hatte ihr geraten, ihrem Drang nachzugeben, Thorsten hinterherzuspionieren.

„Wenn Du wirklich bereit bist, die Wahrheit herauszufinden, dann tu's", hatte sie gesagt.

Susanne war bereit gewesen. Und sie hatte herausgefunden: Thorsten ging tatsächlich ins Fitnessstudio. Wenn sie auch nicht herausgefunden hatte, was er dort so lang trieb und wie lang er sich dort aufhielt. Aber es war eine Beruhigung gewesen: Thorsten log sie nicht an – zumindest nicht in diesem Punkt.

Fast drei Stunden hatte Susanne schräg gegenüber dem Fitnessstudio gesessen und hatte gewartet. Sie hatte einen Tisch ganz hinten, an der Hauswand des Cafés. Von dort aus hatte sie den Eingang im Blick, Thorsten sähe sie aber nicht, wenn er herauskam. Sie hatte sich einen zweiten Cappuccino und dann noch ein Glas Wasser bestellt.

Aber Thorsten war nicht wieder herausgekommen.

Freilich war ihr der Mann im Anzug aufgefallen, der nach einer knappen Stunde aus dem Fitnessstudio gekommen war. Im Eilschritt war er davonmarschiert. Adrett hatte er ausgesehen. Und irgendetwas an ihm hatte sie an Thorsten erinnert. Sie hatte sich überlegt, wie Thorsten im Anzug ausgesehen hatte damals. Er hatte eine ähnliche Figur gemacht. Wie er sie eines Tages überraschend aus der Arbeit abgeholt hatte, weil er kurzfristig Karten für ein Open-Air-Konzert ergattert hatte – er war der einzige

Mann im Anzug auf dem Konzert gewesen. Aber das hatte ihm nichts ausgemacht. Es war keine Zeit gewesen, nach Hause zu fahren, um sich umzuziehen. Es war ein wunderschöner, ausgelassener Abend gewesen.

Susanne hatte es diesen Vormittag nicht genossen, in dem Café gegenüber dem Fitnessstudio zu sitzen. Sie hatte über sich und über Thorsten und die Beziehung nachgegrübelt. Sie hatte es sich als Vertrauensbruch eingestehen müssen, ihm nachzuspionieren. Aber Thorsten hasste Fitnessstudios und war nicht der Typ dafür. Irgendwie konnte sie nicht glauben, dass er dort täglich trainierte. Und sie konnte nicht glauben, dass er dort drei Stunden oder länger verbrachte. Auch nicht glauben konnte sie, dass sie ihn offensichtlich verpasst hatte. Susanne wusste überhaupt nicht mehr, was sie glauben sollte.

Frustriert war sie nach zwei Tassen Cappuccino, einem Glas Wasser und drei Stunden Grübeln aufgestanden und nach Hause gegangen. Auf dem Weg hatte sie Obst für einen Milchshake gekauft.

Jetzt lag sie im Garten und beobachtete die Wolken. Susanne liebte es, in den Himmel zu sehen. Oft lag sie stundenlang im Garten auf dem Rücken und sah einfach nur nach oben. Die spannendsten Geschichten spielten sich in Weiß auf blauem Hintergrund ab. Ein fortwährendes Improvisationstheater mit reduziertem Bühnenbild und ohne Regie, so stellte sie es sich vor.

Heute lief ein Sonderprogramm zum Thema Unterwasserwelt über den Himmel: Eine Qualle zog über das Haus hinweg, die ihre Tentakel erst in die Länge streckte und dann miteinander zu einem Klumpen verknotete. Hatte sie darin etwas gefangen?, fragte sich Susanne. Ein riesiges Seepferdchen folgte. Das verwandelte sich auf seinem Weg über die endlose Bühne zu einer alten, gebeugten Frau mit

Dutt. Nein, mit riesigem Hut. Man sah deutlich zwei Federn vom Hut abstehen.

Hatte sie Thorsten Unrecht getan, ihm zum Fitnessstudio zu folgen? Hatte sie ihm Unrecht getan mit dem Horoskop, das sie heute geschrieben hatte?

Achten Sie auf Ihren Weg. Lassen Sie sich nicht ablenken. Es könnte sonst unheilvoll enden. Das war schon gemein gewesen. Aber sie hatte es als Warnung gedacht – eine Warnung, die offensichtlich überflüssig und völlig fehl am Platz gewesen war. Aber ein Rest Zweifel blieb.

Die vergangene Nacht hatte sie wieder bei Thorsten im Bett geschlafen. Sie war lange wach gelegen und hatte gegrübelt – und den Entschluss gefasst, auf Birgits Rat zu hören. Thorsten heute nachzuspionieren, um sich Gewissheit zu verschaffen.

Wenn sie morgens erwachte, zwang sie sich, sofort aufzustehen. Jeden Morgen. Sich das anzugewöhnen, hatte sie viel Disziplin gekostet. Wenn sie es nicht tat, würde sie ins Grübeln kommen, und dann bestünde die Gefahr, dass sie gar nicht aus dem Bett käme. Thorsten hatte auch heute Morgen geschnarcht – wie jeden Morgen. Das war ihr ohnehin unerträglich. Also stand sie auf, sobald sie erwachte. Schlaftrunken taumelte sie ins Bad und besah sich im Spiegel. Ihr Spiegelbild zog eine Grimasse. Das war nicht nett. Das war hässlich. Sie stand eine Weile da mit hängenden Schultern und betrachtete das Spiegelbild. Und das Spiegelbild betrachtete sie. Einfach so. Es sagte nicht einmal guten Morgen. Susanne schwieg und das Spiegelgesicht schwieg zurück und starrte. Frustriert schlich Susanne dann in die Küche, ohne die Zähne geputzt zu haben, und setzte den Kaffee auf.

Für Thorsten ein Horoskop zu schreiben, tat ihr manchmal gut. Das war wie eine Therapie. Sie konnte ihm so

Dinge sagen, auf die sie ihn nicht direkt ansprechen wollte. Danach ging es ihr oft besser. Natürlich hatte Thorsten heute Morgen nicht geahnt, worauf sich sein heutiges Horoskop bezog. Aber darauf kam es nicht an. Susanne hatte ihn gewarnt, heute alles richtig zu machen, weil sie ihm zum Fitnessstudio folgen würde. Auch wenn er die Warnung nicht verstanden hatte – ihr hatte es das Gewissen erleichtert.

Ein riesiger Fisch schwamm mit weit geöffnetem Maul über den Himmel. Direkt hinter ihm folgten zwei kleine Wölkchen, die mit viel Phantasie als kleine Fische durchgehen konnten. Da war der Maskenbildner nachlässig, dachte Susanne und schmunzelte über den Gedanken. Sie wunderte sich, weshalb die kleinen Fische dem großen hungrigen hinterherschwammen. Als sie aber weiterzogen, hängten sich die kleinen an den großen und wurden zu seiner Schwanzflosse. Das Maul klappte langsam zu.

Susanne überlegte hineinzugehen und sich an den Computer zu setzen. Aber die Wolken waren so schön, sie gaben sich solche Mühe für eine gute Vorstellung. Susanne verschob es auf morgen.

Noch immer suchte sie online nach Jobs. Heimlich. Thorsten wusste nichts davon. Wenn sie eine Stellenanzeige sah, die ihr gefiel, die auf sie passte, begann sie zu träumen. Sie stellte sich dann vor, wie sie am Schreibtisch saß, ein Kollege zu ihr trat und sie nach ihrer Meinung fragte. Sie stellte sich vor, über die Schreibtische hinweg mit anderen Kollegen zu scherzen. Sie stellte sich vor, mittags ein paar Kollegen zu treffen, mit ihnen mittagessen zu gehen und die letzten paar Minuten gemeinsam bei einem Kaffee in der Sonne zu sitzen, bevor man sich wieder an die

Arbeit machte. Ganz simple Szenen. Es war eine schöne Vorstellung. Aber sie schmerzte.

Nur selten schaffte sie es, tatsächlich eine Bewerbung zu schreiben. Sie konnte sich einfach nicht dazu überwinden. Der Gedanke an die Bewerbung schmerzte sie. Und mit jeder Bewerbung fügte sie sich selbst Schmerzen zu – einen kurzen, scharfen, tiefen Schnitt neben unzählige kurze, tiefe, scharfe Schnitte. Diese Schnitte trugen den Namen Demütigung. Die Demütigung, wochenlang hingehalten und dann per Standardbrief abgewiesen zu werden. Susanne empfand es auch als Demütigung sich selbst gegenüber, eine Bewerbung zu schreiben – sich in Tagträume und Hoffnungen zu stürzen, die nach der langen Zeit der Arbeitslosigkeit vollends unrealistisch waren. Mit dem Abschicken der Bewerbung nahmen die Tagträume und Sehnsüchte komplett Besitz von ihr. Die Enttäuschung war jedesmal riesengroß, obwohl Susanne sie erwartete. Ein kurzer, scharfer, tiefer Schnitt eben. Also unterließ sie es meistens, diese Selbstdemütigung. Dennoch sah sie zwei-, dreimal pro Woche online Stellenanzeigen durch. Auch das war schon eine Qual – aber eine, die sie nicht unterlassen konnte. Eine, die sie verdrängen konnte, wenn sie durchgestanden war. Eine, die auf unerklärliche Art ihr Gewissen erleichterte, auch wenn sie danach tatenlos blieb.

Wie es Menschen, die sich selbst Qualen zufügen, nun einmal tun, sah Susanne sich nur Stellenanzeigen durch, wenn sie alleine war. Weder Thorsten noch Birgit wussten von den regelmäßigen Qualen, die sie durchlitt.

Vom Arbeitsamt waren die unmöglichsten Jobvorschläge gekommen. Vermittlungsversuche, die durchwegs unzumutbar waren. Auf einige war sie eingegangen. Sie hatte vergangenen Sommer für vier Euro in der Stunde in einem Biergarten ausgeholfen und dafür extra ein Gesundheitszeugnis gemacht. Der Job in dem überfüllten, personell unterbesetzten Biergarten war ein Desaster gewesen. Susanne hatte gelernt, dass nicht alles, was vom Arbeitsamt vermittelt wurde, seriös war – weil viele der Angebote nicht geprüft wurden. Einmal war sie auf so ein unseriöses Angebot hereingefallen: Laut Stellenanzeige hatte ein großes Dienstleistungsunternehmen, dessen Namen in der Öffentlichkeit nie irgendwo auftauchte, einen freien Mitarbeiter für Social Media und Onlinemarketing gesucht. Susanne hatte sich darauf eingelassen – und festgestellt, dass der Job eine Farce war: Die Firma betrieb in unzähligen Foren und Netzwerken Accounts, die als Privatpersonen getarnt waren. Diese angeblichen *User* stachen durch hohe Aktivitäten und überdurchschnittliche Netzpräsenz hervor und sollten damit besonders glaubhaft wirken – in vielen Foren wurden sie daher als *Experten* eingestuft. Sie gaben anderen Usern, die in irgendwelchen Foren zu irgendeinem Thema Fragen hatten, Ratschläge und Hilfestellungen und verlinkten zu den Kunden der Firma. Susannes Aufgabe war es, mehrere dieser Accounts zu betreuen und unter Angabe falscher Identitäten auf die Firmenkunden aufmerksam zu machen und sie in höchsten Tönen zu loben. Bezahlt wurde sie nicht etwa nach Arbeitszeit oder nach verfassten Beiträgen. Sie bekam nur ein paar Cent, wenn ein User einem ihrer Links folgte und online etwas kaufte – aber nur solange sie für diese Firma arbeitete. Susanne hatte keine Möglichkeit, zu kontrollieren, wie viele Klicks ihre Links verzeichneten. Nach einer Woche schmiss sie es hin. Sie sollte lügen und wurde dabei ausgenutzt. Geld sah sie nie.

Ein andermal jobbte sie als sogenannte *Mystery-Shopperin* oder Testkäuferin: Sie bekam eine Adresse, ein Datum, eine Einkaufsliste und einen Fragebogen, den sie im Nachhinein auszufüllen hatte, mit auf den Weg. In Supermärkten sollte sie nicht nur Sauberkeit, Ordnung und Warenbestand kontrollieren, sondern auch den Angestellten hinterherspionieren. Wenn ein Mitarbeiter ihr eindeutig beschrieb, wo das Backpulver oder das Pesto stand, sie aber nicht dorthin begleitete, war das als negativ zu verzeichnen. Wenn ein anderer zügig kassierte, sie überaus höflich behandelte, aber keinen Blickkontakt aufnahm, war das ebenfalls negativ zu bewerten. Und von allen Angestellten, mit denen sie interagierte, hatte sie heimlich die Namen zu notieren, sofern sie ein Namensschild trugen. Trugen sie keines, war das negativ zu bewerten. Natürlich waren sie dann genauestens zu beschrieben, damit sie identifiziert werden konnten. Wenn Susanne einen Fehler machte, entfielen die Aufwandsentschädigung für Fahrtkosten und das Honorar. Da sie vom Honorar für einen Mindestwert einkaufen musste, blieben ihr im Schnitt fünf Euro übrig. Dafür war sie eineinhalb bis drei Stunden unterwegs und saß danach noch eine Stunde am Computer, um einen Bericht zu schreiben und den Fragebogen auszufüllen. Bei Fastfood-Ketten, Baumärkten, Drogerien, Einrichtungshäusern und anderen Unternehmen lief es ähnlich ab.

Diesmal hatte Susanne fünf Wochen durchgehalten, bevor sie auch diesen Job hinschmiss. Honorar und Aufwand standen in keinem Verhältnis, und sie musste fremde Menschen, die in der Regel ebenfalls unterbezahlt waren, ausspionieren und beurteilen. Sie selbst wurde wiederum von anderen freiberuflichen Mitarbeitern kontrolliert und beurteilt, die wahrscheinlich ebenso unterbezahlt wurden, die für Susanne anonym blieben und für die sie anonym blieb. Ob auch diese kontrolliert und beurteilt wurden von Menschen, die sie nicht kannten, oder ob sie sich gegenseitig kontrollierten und beurteilten, entzog sich Susannes Kenntnis. Sie nahm es an. Das ganze System war absurd und menschenverachtend. Eigentlich, dachte Susanne, müssten Unternehmen, die ihr Verkaufspersonal weder mit Überwachungskameras noch mittels Testkäufern überwachten, dafür ausgezeichnet werden und dieses mitarbeiterfreundliche Verhalten als Wettbewerbsvorteil nutzen können.

Seit dieser Erfahrung vermied sie Supermärkte und jegliche Filialen großer Einkaufsketten. Sie kaufte beim Gemüsehändler, beim Bäcker und beim Metzger um die Ecke und gab den Rest der Einkäufe Thorsten in Auftrag.

Für Susanne war auf diese Erfahrung eine erneute depressive Phase gefolgt, in der sie nicht nur den Sinn und Zweck ihres Lebens, sondern auch die Sinnhaftigkeit der Gesellschaft und des Wirtschaftssystems anzweifelte. Nach solch negativen Erfahrungen fragte sie sich immer, weshalb sie sie gemacht hatte – sie suchte nach einem Sinn, einer Erkenntnis, nach etwas, was sie daraus gelernt haben konnte. So war es leichter erträglich. Diesmal war sie zu zwei Ergebnissen gekommen. Erstens: Es war eine Übung gewesen, nein zu sagen und sich selbst treu zu bleiben. Zweitens, und das hatte sie sich in zahlreichen Sitzungen im Garten nur mithilfe der vorüberziehenden Wolken erarbeitet: Falls sie doch wieder einen Job fände, wollte sie keinesfalls in irgendein absurdes System hineinrutschen, in dem sie ein kleines Zahnrädchen einer großen Maschinerie war, die sie nicht überblicken konnte. Nein, sie wollte eine ganz elementare Aufgabe oder Dienstleistung ausführen, die in jeder Gesellschaft zu jeder Zeit unerlässlich war, und dazu beitragen, dass gesunde, kleine, übersichtliche Strukturen fortbestanden. Möglichst archaisch. Sie wollte Kinder betreuen oder Essen zubereiten, Kleidung produzieren oder Krankheiten heilen, Wohnungen einrichten oder mit den einfachsten Dingen handeln. Ihre Spezialisierung auf Controlling, in dem sie umfangreiche Erfahrung, Referenzen und Kenntnisse besaß, fiel nicht in dieses Raster.

Ein unförmiges Tier mit dickem Rüssel – oder Schnorchel? – schwamm über den Himmel.

„Hilf mir herauszufinden, was ich will", bat Susanne die seltsame Figur.

Der Rüssel verdickte und verknotete sich und wurde zu einer Flosse.

„Hilf mir, etwas Neues zu finden und anzufangen", bat Susanne das Flossentier am Himmel. „Es wird Zeit."

Die nachfolgenden Wolken waren groß und unförmig und hielten die Sonne ab. Sie waren wohl zu schüchtern, um eine Form anzunehmen und im Rampenlicht zu stehen. Oder zu unerfahren. Aber in dem langgezogenen hellblauen Dreieck zwischen sich trugen sie einen winzigen Regenschirm – mitten in der Unterwassershow. Wolken haben echt Humor, dachte Susanne.

Manchmal fragte sie sich: Stelle ich zu große Erwartungen an das Leben? Aber nein, sagte sie sich dann, Du willst doch nur das, was alle wollen: Einen Job, eine Aufgabe. Finanzielle Sicherheit. Eine glückliche Beziehung. Teilhaben am Leben.

Als es zu nieseln begann, ging sie ins Haus. Sie setzte sich vor ihre Staffelei, stellte eine neue Leinwand darauf und öffnete die Farbtuben. Lange saß sie reglos vor der weißen Leinwand.

Nach einer Weile drehte sie die Farbtuben wieder zu, setzte sich im Wohnzimmer auf die Couch und ließ sich vom Fernseher berieseln. Den ganzen Abend. Thorsten kam nicht nach Hause.

Susanne schlief auf der Couch ein. Als sie erwachte, war Thorsten noch immer nicht zuhause. Susanne war beunruhigt, wütend, besorgt. Schließlich ging sie zu Bett. Dort konnte sie nicht mehr schlafen. Diese Nacht war noch schlafloser als die vorige.

Und Thorsten kam nicht nach Hause.

Vielleicht schon morgen

Als er morgens erwachte, war alles anders als sonst. Er roch weder den Flieder von draußen noch mischten sich die Düfte von Duschgel und Duftkerze. Noch nicht einmal der Kaffee war fertig, sagte ihm seine Nase. Die Gerüche, die sich an diesem Morgen mischten, waren vollkommen andere als sonst. Sie riefen die Erinnerung an eine Situation in seiner Kindheit wach. An eine unangenehme Situation in seiner Kindheit. Zum ersten Mal stellte Thorsten fest, wie geruchsorientiert er war. Denn jetzt, da sie ausblieben, vermisste er auch die morgendlichen Geräusche, die er normalerweise nicht beachtete: das Vogelgezwitscher aus den Vorgärten, die vereinzelten Autos, die frühmorgens schon durch die Wohngegend fuhren, die paar Hunde, die einander auf ihrem Morgenspaziergang bellend begrüßten, die Menschen, die dasselbe in ihrer eigenen Sprache taten, das Motorsurren der Fensterrollos am Nachbarhaus und ähnliche Geräusche. Stattdessen hörte er ein Piepsen. Ein penetrantes, lästiges Piepsen ganz in seiner Nähe, das mit geschlossenen Augen nicht zu orten war.

Was er als erstes registrierte, als er die Augen aufschlug: Das Fenster befand sich auf der falschen Seite.

Als zweites stellte er fest, dass er in einem Einzelbett lag.

Und dann, dass die Quelle des Piepsens genau neben ihm stand: ein Monitor, an Apparaturen angeschlossen, die wiederum mit seinem Arm verbunden waren. Der Monitor zeichnete seine Herzfrequenz nach, das Piepsen stellte sie akustisch dar. Erstaunt sah er sich um.

Er lag in einem Krankenhauszimmer. Aus dem obligatorischen Plastikbeutel am fahrbaren Ständer neben ihm tropfte eine durchscheinende Flüssigkeit in seine Venen. Sein Kopf dröhnte ein wenig.

Das Einzige, woran er sich erinnern konnte, war eine Traumszene: Susanne, wie sie lachend in einer Tür stand. Sie trug ein blaues Sommerkleid aus Leinen, einen weißen Gürtel locker um die Hüften geschlungen und weiße Ballerinas. Die Tür gehörte zu einem Fachwerkhaus, das sich in eine Front aus anderen Häusern reihte. Die Fensterläden waren rostrot angestrichen und aus Blumenkübeln wucherten Geranien. Vor Susanne standen hölzerne Klappstühle mit roten, lila, rosa und orangefarbenen Kissen um runde Tische herum gruppiert.

Es war ein fröhliches Bild.

Fröhlich vor allem wirkte Susanne. Ausgelassen und glücklich, lebenshungrig – wie früher, damals, als er sie kennengelernt hatte. Das war es gewesen, was ihn am meisten an dieser Frau fasziniert hatte: diese ungebändigte Energie, dieser ständige Drang, Neues zu erfahren und auszuprobieren. Der unzähmbare Tatendrang dieser dickköpfigen Person. Susanne sorgte immer für Überraschungen. Es war ein unbekümmertes, ein ausgelassenes Leben, das sie in den ersten Jahren ihrer Ehe führten.

Als er sich an dieses Traumbild erinnerte, Susanne wie früher vor sich sah, stiegen ihm Tränen in die Augen und sein Hals schnürte sich zusammen. Das war das Schlimmste, was ihm in all den Jahren passiert war, dachte Thorsten: der Verlust ihrer Fröhlichkeit. Er wog viel schwerer als all die anderen Verluste, die er erlitten hatte, als der Verlust des Arbeitsplatzes und des Einkommens zum Beispiel. Er schloss noch einmal die Augen. Er blendete das Krankenhauszimmer um sich herum aus und Susanne ein. Susanne, freudestrahlend, in der Tür eines Cafés oder Restaurants. Er versuchte, diesen Traum weiterzuträumen, er wollte zu ihr laufen, sie umarmen, sie festhalten, so, wie er sie in diesem Traum sah. Aber der Traum war vorbei, er ließ sich nicht aufhalten, nicht zurückholen, genauso wenig wie die Vergangenheit, wie die lebenslustige Susanne von damals.

Als Susanne ihn später besuchte, war sie die geknickte, die hoffnungslose, gebrochene Susanne, die er in den letzten Jahren kennengelernt hatte.

Es sollte allerdings nur wenige Wochen dauern, bis er sie genau so wie in diesem Traumbild wiedersah: Lachend, im blauen Kleid in die Türschwelle eines Cafés gelehnt. Aber das konnte Thorsten nicht ahnen.

Die Geräte neben ihm piepsten unaufhörlich. In das Piepsen mischte sich die Erinnerung an eine weitere Traumsequenz. Aber es war kein deutliches, kein eindringliches Traumbild wie das von Susanne. Es blieb vage und ungreifbar. Es war eher ein Gefühl … Überraschung vielleicht, oder Zweifel … Staunen? Ungläubigkeit! Irgendwie auch ein Erkennen. Oder eine Mischung aus all diesem. Es war ein unangenehm schwüles Empfinden. Es hatte zu tun mit … Es war er, Thorsten, Auge in Auge mit einer Ka… Nein, es entschwand, das Traumbild, entzog sich seiner Erinnerung. Was hatte er nur gesehen im Traum? Aber da war der Traum bereits verflogen und mit ihm hatte sich die Erinnerung aufgelöst wie ein Kondensstreifen am Himmel. Dass es kein Traum, sondern eine reale Erinnerung war, wurde Thorsten erst Stunden später bewusst.

Was blieb, war die Frage: Warum bin ich hier?

Er sah sich im Zimmer um. Aber er konnte keine Hinweise auf eine Antwort finden. Er besah sich seinen Körper. Genauer: das weiße Leintuch, das die Formen seines Bauches, seiner Hüfte, Beine und Füße nachzeichnete. Auch das ließ keine Rückschlüsse zu. Vorsichtig bewegte er die Zehen: Kein Problem. Behutsam winkelte er erst das linke, dann das rechte Bein an: Seine Beine schienen in Ordnung. Seine Finger ließen sich ebenfalls bewegen, genauso wie die Handgelenke und Ellenbogen. Er hob beide Arme. Aus dem linken ragten zwei Schläuche, ansonsten schienen sie okay. Er konnte den Kopf in alle Richtungen bewegen. Er konnte ins Hohlkreuz gehen, das Becken hin und her drehen und die Schultern heben und senken. Er bewegte alle Muskeln einzeln, probierte sie alle durch. Sie funktionierten. Sein Herz schlug gleichmäßig, verriet ihm das penetrante Piepsen. Er betastete Gesicht, Kopf, Hals und Nacken: Er fand keine Wunden. Er tastete seinen ganzen Körper ab: Auf den Druck reagierte er nirgendwo mit Schmerz. Keine Blutergüsse. Er konnte nichts finden – weder eine Antwort noch eine Verletzung oder einen Schmerz, abgesehen von dem leichten Druck im Kopf. Thorsten seufzte erleichtert.

Die Krankenschwester ließ nicht lange auf sich warten. Aber auch sie konnte ihm nicht sagen, weshalb er hier war. Sie wusste nur, dass er lange bewusstlos gewesen war.

Ungläubig sah er sie an. „Wie lange?"

Sechs bis sieben Stunden, antwortete sie. Man habe ihn untersucht, aber keine Beeinträchtigungen gefunden. Als er aufgewacht sei, habe er über Kopfschmerzen geklagt. Man habe ihm Schmerz- und Schlafmittel gegeben, damit er noch ein paar Stunden schlafe.

„Ich bin aufgewacht?", wunderte sich Thorsten.

Ja, um vier Uhr morgens. Ob er sich daran nicht erinnere?

„Nein", antwortete Thorsten. „Seit wann bin ich denn hier?"

„Das war vor meiner Schicht."

Die Schwester besah sich seine Akte. „Gegen einundzwanzig Uhr. Haben Sie denn Hunger?"

„Ja!", stellte er fest.

Die Schwester grinste: Das war ein gutes Zeichen. Aber man müsse erst den Arzt fragen, ob er jetzt frühstücken dürfe; sie habe darüber keine Inforationen. Sie müsse ihn ohnehin gleich verständigen, dass er aufgewacht sei.

Damit verließ sie das Zimmer.

Es war halb acht, staunte Thorsten, wie jeden Morgen, wenn er erwachte.

Als nächstes kam Susanne, noch vor dem Arzt. Sie wirkte müde, übernächtigt und besorgt.

Er versicherte ihr, dass er sich gesund fühle und keine Ahnung habe, wie und warum er ins Krankenhaus gekommen sei. Er wiederholte, was er von der Schwester erfahren hatte.

Mehr hatten sie sich nicht zu sagen.

Es war eine Erleichterung, als schließlich der Arzt ins Zimmer kam.

Immerhin wusste der ein bisschen mehr. Er erzählte, dass Thorsten nach einem Autounfall eingeliefert worden sei.

„Ein Autounfall?", wiederholte Susanne. „Wer war der Fahrer? Hat er den Notarzt gerufen? Oder hat er Fahrerflucht begangen? Wer hat meinen Mann gefunden?"

Der Arzt runzelte die Stirn. Darüber könne er nichts sagen, antwortete er ausweichend. Ihn interessierte viel mehr, ob der Patient laufen könne.

Thorsten lief bis zur Toilette und wusch sich Gesicht und Hände, bevor er sich wieder auf das Bett setzte. Schwindelig war ihm nicht.

Der Arzt entschied, Thorsten zur Beobachtung einen Tag im Krankenhaus zu behalten. Wenn die Erinnerung bis morgen früh nicht zurückgekommen sei, würde man weitersehen.

Thorsten wurde auf eine andere Station verlegt und bekam Frühstück. Er schickte Susanne nach Hause: Es machte doch keinen Sinn, dass sie den ganzen Tag bei ihm blieb. Es ging ihm ja gut, er hatte keine Beschwerden. Im Gegensatz zu ihr war er sogar ausgeschlafen.

Aber Susanne lächelte nicht über diesen Scherz. Im Gegensatz zu ihm erinnerte sie sich an den gestrigen Abend, den sie allein zuhause verbracht hatte – allein mit ihrer Wut auf Thorsten, auf den sie den ganzen Abend wartete. Er kam nicht. Sein Handy war ausgeschaltet. Gerne hätte sie ihren Frust in Wein ertränkt, aber sie blieb nüchtern, weil sie sich Sorgen machte. Irgendwann ging sie doch ins Bett. Und irgendwann schlief sie ein. Der Anruf aus dem Krankenhaus war erst am Morgen gekommen, nach einer der schlimmsten Nächte ihres Lebens.

Bevor sie nach Hause ging, zog sie ihren Notizblock aus der Handtasche. Sie schreib ihm ein Horoskop, das ihn aufbauen sollte.

Blicken Sie nach vorn, lieber Thorsten. Es ist alles nicht so schlimm, wie es im Moment erscheint. Freuen Sie sich auf eine gute Nachricht und eine neue Chance. Wenn Sie nach Hause kommen, wartet ein Neuanfang auf Sie. Vielleicht schon morgen ...

Noch lange, nachdem Susanne gegangen war, starrte er auf den Zettel, das Gesicht zu einer schmerzlichen Grimasse verzogen. Warum hinterließen diese positiven Worte einen so schalen Nachgeschmack?

Er kam nicht darauf.

Thorsten beschloss, sich anzuziehen, um sich ein wenig die Beine zu vertreten und sich vielleicht am Kiosk etwas zu lesen zu holen.

Die Schwester, die ihn nach dem Aufwachen begrüßt hatte, hatte Susanne den Plastiksack mit seiner Kleidung in die Hand gedrückt, als Thorsten die Station wechselte. Susanne hatte die Tüte unbesehen ans Fußende seines Bettes gelegt. Dort lag sie noch immer.

Als er hineinblickte, sah er nur weißen Stoff. Obenauf lag ein weißes Hemd. Darunter Unterhose und Socken. Das Hemd sagte ihm etwas ...

Mit jedem weiteren Stück, das er aus der Tüte holte, kam ein Stück seiner Erinnerung zurück.

Eine schwarze Hose mit Bügelfalte: Er war Auto gefahren.

Das dazu passende Jackett: Eine Stretchlimousine war er gefahren.

Eine dunkelblaue Krawatte: Es war die Stretchlimousine der Firma As & As gewesen, die er schon seit vier Wochen fuhr.

Seine Chauffeursmütze: Er war an der Stelle vorbeigefahren, an der der Chauffeur vor ihm – der Chauffeur, den er nur vertrat – Wochen zuvor wegen eines Kindes eine Vollbremsung gemacht hatte. Die Stelle, an der Thorsten dem Kind mithilfe einer Schar Tauben und einer Katze ...

Ein glänzender schwarzer Schuh: Die Katze! Er hatte sie wieder gesehen. Sie war vor derselben Bank auf dem Grünstreifen gesessen und hatte in seine Richtung geblickt, hatte ihn vielleicht angesehen, so war es ihm vorgekommen, als er auf das Stadttor zu fuhr ...

Der zweite Schuh: Es hatte einen heftigen Zusammenprall gegeben.

Mehr fand er nicht in der Tüte: Und danach setzte seine Erinnerung aus. Er musste bei dem Unfall das Bewusstsein verloren haben.

Eine Weile blieb er grübelnd sitzen. Dann tauschte er den Krankenhauskittel gegen Hemd und Hose. Seinen Geldbeutel fand er im Schuh. Nun zog es ihn erst recht hinaus aus seinem Zimmer. Er floh aus der Enge des Zimmers, aus der Enge seiner Gedanken. Er durchstreifte das Klinikgelände von vorne bis hinten und von hinten bis vorne, durchstreifte alle Gebäude, alle Stationen, die Gartenanlage und das Freigelände.

Dort blieb er stehen und stellte sich die entscheidende Frage: Hatte er einen Menschen angefahren, verletzt, getötet?

Er floh in den Schutz der Gebäude, durchstreifte noch einmal alle Gebäude und Stationen, bis er irgendwo von irgendwem angesprochen, gefragt wurde, ob man ihm helfen könne, wen oder was er suche. Auf dem Rückweg zu seiner Station las er sich im Kiosk die Klappentexte aller Bücher durch und entschied sich für einen Roman, von dem er hoffte, dass er ihn so sehr fesseln würde, dass er nicht mehr nachzudenken brauchte.

Als er sein Zimmer betrat, war das Mittagessen bereits serviert. Es war längst kalt.

Die erste Seite las er oft. Sooft er sie auch las, er wusste nicht, was dort stand. Er versuchte es mit der zweiten Seite. Aber auch auf die konnte er sich nicht konzentrieren. Entnervt legte er das Buch beiseite. Er schloss die

Augen und gab endlich seinen Gedanken nach.

Es war die Katze, die ihn nicht losließ. Die Katze, rot-weiß getigert, mit einem schwarzen Fleck unter dem linken Auge. Zweifelsohne, das musste Bobo gewesen sein. Bobo, der sich über den Balkon heimlich nach draußen schlich und streunen ging, wenn Jasmin in der Arbeit war. Bobo, der lieber die Nachbarschaft erkundete als allein in der Wohnung zu sitzen und auf Jasmin zu warten. Bobo, der vor mehr als vier Wochen bei der Bank auf dem Grünstreifen vor der Stadtmauer eine Schar Tauben auf-gespürt hatte. Bobo, der später, obgleich krank, vor ihm auf den Schrank geflohen war. Der sich in Jasmins Kissen wühlte, wenn er krank war, und der Feta liebte. Ein eigenwilliger Kater.

Und gestern war dieser Kater an derselben Stelle geses-sen wie das erste Mal. Thorsten war sich jetzt ganz sicher. Er hatte die Katze wiedererkannt.

Deshalb hatte er auch den Unfall gebaut: Bobo hatte ihn vom Verkehr abgelenkt. Kann es denn sein, ist er es wirklich?, hatte Thorsten sich gefragt und die Katze angestarrt, statt auf die Straße zu achten. Bobo schien zurückzustarren. Und schon hatte es gekracht. Wegen Bobo. Wegen Bobo, der einst zusammen mit ihm und ein paar Tauben einen schlimmen Unfall verhindert und nun einen Unfall verursacht hatte – beide Male, ohne direkt involviert zu sein. Durch bloße Anwesenheit.

Erneut las er Susannes Horoskop. Sie hatte es gut gemeint. Ein Neuanfang? Sicher, ein Neuanfang zuhause, ohne Job. Vielleicht schon morgen, hatte sie geschrieben. Morgen? Was sollte ihn morgen schon erwarten! Heute hätte er noch Kollegen aus Asien zu ihrer Schulung begleiten und sie morgen, am Freitag, zum Flughafen bringen sollen. Am

Wochenende wurde er nicht gebraucht. Und am Montag nahm der andere Chauffeur seine Arbeit wieder auf. Thorsten seufzte. Und für ihn fing das Gerenne zum Arbeitsamt von neuem an.

Heute war es genau einen Monat her, dass er Bobo, Robert Assling und die Stretchlimousine kennengelernt hatte.

Auch am Abend wollte es ihm nicht gelingen, zu lesen. Seine Gedanken ließen ihm keine Ruhe.

Als Thorsten am nächsten Morgen erwachte, war das Fenster wieder auf der falschen Seite, es roch nicht nach Kaffee, aber er musste weder auf das Frühstück lange warten noch auf Besuch. Besuch, der ihn rührte.

„Wer hat Sie zu mir gefahren?", scherzte Thorsten.

„Mein Porsche", sagte Robert Assling. „Der Schaden an der Stretchlimousine ist diesmal nicht ganz so schlimm. Wie sieht es mit Ihnen aus?"

„Gar kein Schaden, soweit ich weiß. Ich kann mich sogar wieder halbwegs erinnern."

„Dann verraten Sie mir, wie kam es, dass dieser Idiot Ihnen die Vorfahrt genommen hat?"

„Die Vor...?" Thorsten staunte. „Anscheinend kann ich mich doch nicht so gut erinnern ..."

Thorsten erfuhr, dass die Polizei Robert Assling über den Unfall informiert hatte – schließlich war die Stretchlimousine als sein Firmenwagen zugelassen – und dass ein anderes Auto ihm, Thorsten, die Vorfahrt genommen hatte und ihm vorne reingefahren war. Zum Glück war Thorsten nicht schneller gewesen, sonst hätte das Auto seine Fahrertür erwischt.

„Dann bin ich gar nicht schuld an dem Unfall!", rief Thorsten aus.

Assling sah ihn verständnislos an. „Nein, natürlich nicht. Aber künftig werden Sie und Herr Lauterbach diese Stelle tunlichst umfahren. Das ist eine Anordnung. Regelmäßige Unfälle mit der Stretchlimousine gehen ins Geld und passen nicht zu unserer Philosophie." Er grinste über seinen Scherz.

Thorsten hob nur die Augenbrauen und sah ihn an. „Ich bin eh raus aus dem Spiel", sagte er leise.

„Wieso", stellte sich Assling dumm.

„Kommt nicht Herr Lauterbach am Montag aus der Reha zurück?"

„Das schon", gab Assling zu.

Es trat eine lange Pause ein.

„Aber", sagte er dann, „Sie werden ihn im Krankheitsfall vertreten. Ansonsten", und jetzt betonte er jedes Wort, „werden Sie Ihren Arbeitsplatz ab Montag eine Etage unter mir haben."

Thorsten sah ihn mit großen Augen an.

„Im Marketing. Ich glaube nicht, dass wir auf Sie verzichten können, Herr Spieß."

Thorsten sah ihn mit noch größeren Augen an.

„Mein Bruder und ich wollen eine Dreißig-Stunden-Stelle für Sie schaffen. Ich hoffe, das genügt Ihnen für den Anfang?"

Am liebsten wäre Thorsten ihm um den Hals gefallen.

Robert Assling gab dem Arzt die Klinke in die Hand. Nach der Visite durfte Thorsten gehen.

Er verbrachte den Tag lesend neben Susanne im Garten. Das Buch, das er im Krankenhauskiosk gekauft hatte, fesselte ihn.

Wie er das Wochenende verbracht hatte, konnte er später nicht mehr nachvollziehen. Es war ein Wochenende voll Erleichterung und Vorfreude, voll ungeduldiger Erwartung.

Es war aber auch voll Trauer und Melancholie. Thorsten konnte das Traumbild nicht vergessen: Susanne im blauen Kleid unbekümmert lachend in einen Türrahmen gelehnt. Wenn er aber neben sich blickte, sah er eine Susanne, die frustriert und lethargisch war und die Hoffnung längst aufgegeben hatte. Mit der er nicht einmal seine Erleichterung und Vorfreude teilen konnte – wahrscheinlich hätte es sie zu sehr geschmerzt, dass sie nun als Einzige auf der Strecke blieb. Er brachte es einfach nicht über sich ...

Als er morgens erwachte, kitzelte ihn die Sonne an der Nase.

„Nein, es ist kein Traum", schien sie ihm sagen zu wollen. Sie schien so intensiv, wie es die Morgensonne nur vermochte. „Du hast wieder einen Job, lieber Thorsten. Im Marketing. Seit einer Woche schon. Du bist zurück im Berufsleben. Herzlichen Glückwunsch! Und jetzt steh auf und beginne Deine zweite Arbeitswoche."

„Einen Moment", sagte Thorsten zur Sonne. Er schnupperte.

Kaffee. Gut!

Duftkerze. Noch besser!

Er gehorchte der Sonne und schritt Susanne und dem Tag entgegen.

Die Zeitung berichtete nur Negatives. Gelangweilt legte er sie beiseite. Susanne schien auch keine Freude an ihrer Lektüre zu haben. Sie schrieb ihm lieber ein Horoskop:

Heute gelingt Ihnen alles, was Sie anpacken. Sie können Ihren Horizont erweitern und haben eine Menge kreativer Ideen, mit denen Sie überzeugen können. Bringen Sie sie an und schreiten Sie vorwärts, lieber Thorsten!

„Oh, danke", sagte Thorsten und schenkte Susanne und sich Kaffee nach. Na dann, dachte er, wenn mir alles gelingt ...

„Was hast Du heute vor?", riskierte er die Frage.

„Malen. Ich werde mir die Staffelei in den Garten stellen

und dort arbeiten", sagte sie.

„Schöne Idee." Er goss Milch in seinen Kaffee. „Und heute Abend?"

„Nichts, wieso?"

„Gehen wir mal wieder aus? Gehen wir was essen?"

Susanne zögerte. „Können wir machen. Und vorher bist Du wieder unterwegs?"

„Ja."

„Ach so."

Das erste, was Thorsten gelang, war, das Fitnessstudio hinter sich zu lassen: Er mietete eine Garage, die auf dem Weg zur Arbeit in einer Seitenstraße lag. Für den Rest des Sommers war das die angenehmere Lösung. Er würde ein, zwei Kleiderständer hineinstellen. Licht war vorhanden. Mehr brauchte er nicht für seinen begehbaren Kleiderschrank auf der Straße. Immerhin hatte er es schon vom Gebüsch an der U-Bahn über den Spind im Fitnessstudio bis zur eigenen Garage geschafft! Wenn das kein Schritt nach vorne war, dachte Thorsten. Wenn es ihm am Abend gelang, Susanne endlich zu erzählen, wie er seine Tage verbrachte, wäre die Garage zwar überflüssig, aber er fand den Gedanken so amüsant, dass er sich dennoch für die Garage entschied.

Das zweite, was ihm gelang, war, die Brüder Assling und das Marketing-Team von seinen Ideen für das Sommerfest zu überzeugen. Schließlich feierte man das zwanzigste Jubiläum. Und Peter, sein neuer Vorgesetzter, hatte geklagt, dass in den vergangenen Jahren der Andrang der Gäste erst nachmittags gekommen war.

Um die Leute früher anzulocken, schlug Thorsten vor,

das Fest erst um elf Uhr beginnen zu lassen, pünktlich, vorher keinen Einlass zu gewähren und für den zwanzigsten Gast einen Preis auszuschreiben: Einen Tag für zwölf Personen mit der Stretchlimousine – einen Ausflug mit attraktivem Besichtigungsprogramm und Essen.

Peter reagierte auf diesen Vorschlag erst zögerlich, aber Robert Assling nahm ihn sofort an. Thorsten wurde die Aufgabe übertragen, das Programm für den Ausflug festzulegen und die Sache zu bewerben.

Als drittes gelang es Thorsten, ein paar Minuten mit Jasmin allein zu sein. Sie verabredeten sich in der Teeküche im Erdgeschoss, die am wenigsten frequentiert war. Sie erzählte von ihrer Familie und von ihrer Band – sie war die Sängerin – und Thorsten genoss es, ihr zuzuhören und sich ihre Gesangsstimme vorzustellen. Ihr Knie berührte das seine, als sie ihm zum Kaffee Kekse anbot. Sie verabredeten sich für den nächsten Tag zur selben Zeit – wenn möglich – in derselben Teeküche.

Als viertes gelang ihm der Umzug: Auf dem Heimweg am Nachmittag besuchte Thorsten ein Möbellager, wo er einen Kleiderständer kaufte. Mit dem Taxi transportierte er diesen zu seiner Kleiderschrankgarage. Er besuchte das Fitnessstudio, wo er eine halbe Stunde lang trainierte und von wo er im Anschluss seine Kleidung zur Garage brachte.

Nur eines gelang Thorsten nicht: Susanne reinen Wein einzuschenken. Denn nicht nur aus dem Wein, sondern auch aus dem Essen und aus dem Ausgehen insgesamt wurde nichts. Statt Susanne fand er zuhause einen Zettel vor. Ein Blatt aus dem Notizblock, auf dem sie seine Horoskope schrieb.

Bin kurzfristig zu einer Vernissage eingeladen worden. Gehe danach mit den Künstlerinnen aus. Sorry, wir beide gehen ein andermal.

Im Wohnzimmer hatte Susanne die Staffelei aufgestellt. Lange betrachtete Thorsten das Bild, das Susanne im Garten gemalt hatte.

Es zeigte einen stark abstrahierten Ausschnitt Natur, war überwiegend in Grün- und in Rotbraun- und Rottönen gehalten. Es war das Schönste, das er je von ihr gesehen hatte.

Er hatte gar nicht gewusst, dass sie in Künstlerkreisen verkehrte. Er freute sich, dass sie sich anscheinend wieder mehr sozialisierte und sich ihresgleichen suchte – er hoffte es. Aber er erkannte auch, dass er von seiner Frau mittlerweile genauso wenig wusste, wie sie ihre Tage verbrachte, wie sie es von ihm wusste.

Es sollte einige Wochen dauern, bis Susanne ihm wieder ein Horoskop schrieb.

Einen Grund zu feiern

Als er morgens erwachte, schien die Sonne schwach durch eine zarte Wolkenschicht hindurch – gerade so, als müsste sie sich noch vom Wochenende erholen. Auch Thorsten war froh, dass er einen freien Tag hatte. Das gestrige Sommerfest bei AS & As war ein Riesenerfolg gewesen. Seine PR-Kampagne hatte Früchte getragen und die Gäste waren schon um elf Uhr zahlreich auf das Betriebsgelände geströmt. Den Tag mit der Stretchlimousine hatte ein älteres Paar gewonnen, das sich riesig darüber freute. Thorsten hatte sich für diesen Ausflug ein ausgefallenes Programm überlegt. Die Metzgerei, die Thorsten engagiert hatte, um auf eigenes Risiko Grillfleisch anzubieten, musste zweimal Nachschub holen und war mit ihrem Umsatz mehr als zufrieden. Hätten die Mitarbeiter das Grillen wie in den Vorjahren selbst übernommen, wäre ihnen am Sonntag um sechzehn Uhr das Fleisch ausgegangen. Mit diesem Besucheransturm hatte niemand gerechnet. Zum Glück hatte Thorsten wenige Wochen vor dem Fest noch zwei weitere Essensstände organisiert. Für die Kinder hatte er nicht eine normale Hüpfburg, sondern eine überdimensionale, aufblasbare Wasserrutsche aufgetrieben. Vor dem Würfel waren weiße Zelte aufgestellt mit Bastelangeboten, einer Wahrsagerin, einer Geschichtenerzählerin und weiteren – meist ausgefallenen – Mitmachangeboten für Kinder und Erwachsene. Die Zelte waren den ganzen Tag über gut besucht gewesen. Auch die Bigband – das Einzige, was nicht in Thorstens Verantwortung gelegen hatte – konnte Personal und Gäste begeistern. In den vergangenen sieben

Wochen also hatte Thorsten das Fest vorbereitet und sich in einige andere Dinge eingearbeitet. Er hatte Spaß dabei und fühlte sich wohl in der Marketingabteilung.

Als der Duft von Kaffee ins Schlafzimmer drang, stand er auf. Vielleicht hatte Susanne Lust, gemeinsam etwas zu unternehmen, wenn er schon frei hatte ...

„Guten Morgen", sagte Thorsten und legte die Zeitung auf den Tisch.

„Guten Morgen", sagte Susanne und begann zu blättern.

Wenige Minuten später faltete Susanne ihren Teil der Zeitung um und schob ihn über den Tisch zu Thorsten.

„Was ist?", fragte Thorsten.

Sie sagte nichts, sie sah ihn nur mit hochgezogenen Brauen an.

Er besah sich das Bild eines ausgelassenen Sommerfests. Es zeigte gefüllte Bierbänke, die Band und die Wasserrutsche im Hintergrund, seitlich im Vordergrund den Falafelstand – und daneben Thorsten, der eine Bierbank aufstellte. Er trug seine Chauffeursmütze, die er behalten hatte. Sie hatte ihm als Schutz vor der Sonne gute Dienste erwiesen. Außerdem trug er damit auch das Firmenlogo und war so leicht als einer der Organisatoren zu erkennen gewesen.

„Na und", sagte er scheinheilig, „ich habe mit angepackt."

Susanne sagte nichts mehr. Während Thorsten las, aß sie schweigend ihr Brot.

„Wo bleibt eigentlich mein nächstes Horoskop?", erkundigte er sich. „Seit Wochen warte ich schon darauf."

Er dachte an irgendetwas Motivierendes, in demselben Stil wie das letzte Horoskop. Er wünschte sich einen Anstoß, eine indirekte Aufforderung, Susanne von seiner

Arbeit zu erzählen. Würde sie ihm jetzt so ein Heute-gelingt-Ihnen-alles-Ding schreiben, er würde sofort mit der Sprache herausrücken. Er würde das Horoskop lesen, würde die Arme längs auf den Tisch legen, die Hände falten, sich zu Susanne vorbeugen, ihr fest in die Augen sehen und ihr sagen: „Gestern, das war ein Sommerfest, das ich mitorganisiert habe. Ich arbeite seit meinem Unfall dreißig Stunden die Woche im Marketing der Firma As & As, festangestellt. Und an den Unfall konnte ich mich damals im Krankenhaus wirklich nicht erinnern, als Du mich morgens besucht hast. Meine Erinnerung kam erst danach wieder. Es ist eine verrückte Geschichte ..." Und er würde ihr die ganze verrückte Geschichte endlich er-zählen, angefangen bei den Tauben und der Katze, dem kleinen Kind und seiner Mutter mit dem Kinderwagen, dem roten Corsa, der Stretchlimousine und Robert Assling. Aber dazu musste er sicher sein, dass Susanne endlich bereit war, ihm zuzuhören.

Das Horoskop hätte lauten können: *Heute finden Sie die richtigen Worte.* Oder: *Sorgen Sie für klare Verhältnisse.* Oder: *Machen Sie sich das Leben nicht unnötig schwer.* Oder ganz direkt: *Arbeiten Sie an Ihrer Beziehung.* Es hätte viele Mög-lichkeiten gegeben.

Aber Susanne sagte säuerlich: „Ach, schreib Dir Dein Horoskop doch selber!", stand auf, wandte das Gesicht ab und räumte die Reste des Frühstücks in Kühlschrank und Spülmaschine.

Thorsten, vor den Kopf gestoßen, fühlte sich an diesem freien Tag zuhause fehl am Platz. Also floh er in die Stadt. Wie immer mit Sporttasche. Und diesmal ging er tat-sächlich wieder ins Fitnessstudio, schließlich hatte er eine Jahresmitgliedschaft und war sechs Wochen lang nicht dort gewesen, seit er die Garage gemietet hatte. Etwas Besseres fiel ihm nicht ein.

Während er die Beinmuskeln trainierte, fiel ihm auf, dass es ihm wie immer keinen Spaß machte. Es gab ihm einfach nichts, dieses Abgestrample und Herumgezapple unter Gewichten und Widerständen. Er stand sofort auf, brach das Training ab, duschte sich lange und verließ in Jeans und T-Shirt – nicht im Anzug – das Fitnessstudio. Er lief nur immerzu geradeaus, irgendwann links ab, quer durch die Stadt.

Er wusste, an welchen Straßenecken er mitanpacken musste, wenn eine Mutter mit einem Kinderwagen oder ein Senior mit Rollator in Richtung des viel zu hohen Gehsteigs rollte. Zweimal packte er mit an.

„Ja Erich!", rief begeistert die demente Dame, für die Thorsten Erich war. „Mensch, wie geht's Dir? Schön, Dich zu sehen!"

Er hatte sie am Eingang zur einer Bäckerei entdeckt und war ihr in den Laden gefolgt. Während die alte Dame sich wieder der Bäckerin zuwandte und ihr verständlich zu machen suchte, dass sie nur Eier brauchte, und die Bäckerin ihrerseits der alten Dame verständlich zu machen suchte, dass die Bäckerei keine Eier führte, telefonierte Thorsten mit der Stationsschwester und gab die Adresse an, bei der die verirrte Ausreißerin abgeholt werden konnte.

In der Innenstadt spielten Straßenmusiker, die er noch nie zuvor gesehen hatte. Er lief an mehreren Geschäften vorbei, die Räumungsverkauf hatten, konnte aber den Angestellten keine Tipps mehr geben, wohin sie sich wenden konnten. Er sah mehrere Geschäfte, die gerade neu eröffnet worden sein mussten. Er kannte sie jedenfalls nicht. Die Bepflanzungen in der Fußgängerstraße waren andere als sonst – und überhaupt kam ihm die Stadt nicht mehr so vertraut vor wie sonst. Irgendetwas hatte sich verändert. Thorsten hatte sich verändert. Er war ins Berufsleben zurückgekehrt.

Dem alten Herrn am Stadtrand, von dem er sich sonst zum Kaffee einladen lassen und dem er ein paar Minuten zuhören musste, damit er nicht ausfällig wurde, begegnete er nicht. Der Gemüsehändler am anderen Ende der Stadt, der jederzeit Aufheiterung benötigte und ihm dafür gern einen Apfel schenkte, schäkerte mit einer Frau und winkte Thorsten lediglich zu.

Abends saßen Thorsten und Susanne gemeinsam vor dem Fernseher und sahen zwei leichte, witzige Filme, während sich draußen ein Gewitter zusammenbraute. Als Susanne ins Bett ging, schlich sich Thorsten in die Küche, um ihr für morgen ihr allererstes persönliches Horoskop zu schreiben:

Liebe Susanne, befolge einen Rat, man meint es gut mit Dir. Eine Wendung bahnt sich an, die auf den zweiten Blick nur positiv ist. Und ganz gleich, wie der Tag beginnt: Morgen Abend hast Du einen Grund zu feiern!

P.S. Ich duze Dich im Horoskop nicht aus mangelndem Respekt, sondern aus mangelnder Bereitschaft, noch mehr Distanz zwischen uns entstehen zu lassen.

Zufrieden legte er den Block auf Susannes Platz und folgte ihr ins Bett. Für morgen Abend gab er sich eine letzte Chance, seiner Frau die Wahrheit zu sagen. Diesmal musste es ihm gelingen!

Die Generalprobe

Kennt das nicht jede Frau? Per Zufall stößt man auf die schönsten Hemden, Hosen, Röcke, Schuhe. Sie sitzen perfekt, der Kauf geht schnell, das Portemonnaie leidet an rasantem Gewichtsverlust – das Geburtstagsgeschenk für die beste Freundin muss wieder einmal etwas spärlicher ausfallen! Wenn man aber nach etwas Bestimmtem sucht – sei es der passende Blazer zu einer neuen Hose, die perfekten Stiefel zum Wintermantel oder, wie in diesem Fall, ein komplett neues Outfit für einen bestimmten Anlass – man wird in zehn Boutiquen und Modegeschäften nicht fündig!

Der Regen fiel in Sturzbächen auf die wenigen Passanten herab, und trotz ihres Regenschirms war Susanne vollgesogen wie ein Schwamm im Meer. Bald gab es kein Bekleidungsgeschäft mehr in der Stadt, in dem nicht eine Umkleidekabine in den Pfützen ihrer triefenden Kleidung schwamm. Ihre Hoffnung schwand mit jedem Geschäft, das sie ohne Kauf verließ. Ihr Kreislauf arbeitete im Spargang. Die Füße schmerzten. Bevor Susanne ihre verzweifelte Suche fortsetzte, wollte sie sich bei einem Kaffee aufwärmen und erholen.

Schon lange zweifelte Susanne an der Brauchbarkeit guter Ratschläge. Birgit hatte ihr am Morgen versprochen: „Kleide Dich neu ein, nimm ein heißes Bad, nimm Dir Zeit, Dir etwas Gutes zu tun – und Du wirst sehen: Du fühlst Dich wohl und gehst viel entspannter zu diesem Termin."

Und dann hatte ihre Schwester noch hinzugefügt: „Beinahe jede Situation kann man üben. Prüfungsangst kann man mit der Zeit bewältigen, indem man die gefürchtete

Situation realitätsgetreu nachstellt. Ein Pianist lockert seine Finger mit Fingerübungen. Ein Tiefseetaucher übt das Luftanhalten wahrscheinlich in der Badewanne – führe eine Generalprobe durch."

Susanne wünschte sich oft, sie hätte ihre Schwester niemals um Rat gebeten: Birgits Ratschläge waren nicht ganz ohne. Sie hatten meistens einen Haken.

Susanne triefte und zitterte. Sie stand da und starrte. Und sie begriff – vor den beschlagenen Scheiben des kleinen Cafés wusste sie, wie Birgits Worte zu deuten waren: Sie sollte nicht zusammen mit Birgit oder Thorsten Fragen und Antworten proben, ihr Verhalten analysieren und den perfekten Auftritt inszenieren – nein, sie sollte eine situationsgetreue Generalprobe durchführen. Spontan und ohne Regieanweisungen.

Der Regen klatschte Beifall und prallte kraftvoll auf ihre Waden, schob sie dem Eingang entgegen. Das Wasser floss in breiten Strömen die Scheiben entlang, als wollte es die dicken Lettern vor fremden Augen verbergen, verwaschen, auslöschen. Auf dem Zettel hinter der Glastür des Cafés war dennoch deutlich zu lesen:

MITARBEITERIN GESUCHT
FÜR FESTANSTELLUNG
AB SOFORT
BITTE MELDEN SIE SICH BEI
MARIANNE SOBICH

Susanne öffnete die Tür.

Der Regen schüttelte sie, verdichtete sich zu tosendem Applaus. Susanne hatte panische Angst vor ihrem morgigen Vorstellungsgespräch – dem ersten richtigen Vorstellungsgespräch seit langem. Kein Vorstellungsgespräch für einen Aushilfsjob, sondern für eine richtige, unbefristete Stelle. Im Controlling einer großen Firma. Sie klappte den Regenschirm zusammen und betrat die Probebühne.

Frau Sobich also. Lustiger Name.

Du musst improvisieren, sagte sich Susanne. Es ist nur ein Training, belanglos, unbedeutend. Was steht schon auf dem Spiel? Nichts.

Nichts?

Sie sah weder die runden Tischchen, auf denen Zuckerdosen, Kerzenständer, Blümchen drapiert waren, noch bemerkte sie die üppige Pflanzendekoration in den Ecken und Nischen des Raums. Die modernen Deckenleuchten und die einladenden Ledersessel nahm sie nicht wahr, Kaffeeduft und Kuchentheke verloren ihren Reiz. Das Klatschen des Regens hallte noch nach, als die Tür längst zugefallen war – vielleicht war es auch das Rauschen ihres Blutes. Wenn man sich eine Muschel ans Ohr hielt, konnte man das Tosen des Meeres hören. Woher kam dieser Gedanke?

„Hallo. Sind Sie Frau Sobich?"

Ihre eigene Stimme erschreckte sie: Sie klang freundlich und fest.

Marianne Sobich spendierte ihr einen Kaffee. Sie stellte keine Fragen zu Person, Bildung, Lebensweg. Susanne war ihr sympathisch, das genügte ihr. Sie plauderten über Belangloses. Susanne zitterte nicht mehr. Über das Gehalt wurden sie sich schnell einig.

Der Regen tobte, blähte sich auf, kroch die Straße entlang, hielt Gäste fern. Er isolierte, er schluckte die Außenwelt. Er hypnotisierte sie, beobachtete, wartete geduldig hinter den Scheiben. Beifall. Applaus. Zugabe!

Susannes Kleidung trocknete langsam. Der Zettel an der Tür verschwand. Sie hatte den Job.

Die Frauen liegen Ihnen zu Füßen

Als er morgens erwachte, roch er Kaffee ohne Duftkerze. Erstaunlicherweise roch er auch Duschgel. Thorsten hatte dennoch keine Lust, aufzustehen, die Zeitung hereinzuholen und sich zu Susanne an den Frühstückstisch zu setzen. Zu Susanne, die er mit Samthandschuhen anfassen musste. Susanne, mit der er nicht mehr reden konnte, zu der er nicht mehr vordrang. Die launisch und patzig war und sich gehenließ.

Er stand auf und holte die Zeitung herein. Und setzte sich zu seiner Frau an den Tisch.

Sie war nicht nur schon geduscht, sondern wirkte auch außergewöhnlich gut gelaunt. Trotzdem verkroch sie sich hinter der Zeitung und redete nicht mit ihm. Thorsten schlürfte lustlos seinen Kaffee.

Als er zu laut schlürfte, sah Susanne auf und runzelte die Stirn. Dann nahm sie Notizblock und Stift und schrieb.

Lieber Thorsten, die Frauen liegen Ihnen heute zu Füßen. ;-)

Mehr nicht. Nur das. Thorsten staunte. Was sollte das nun wieder bedeuten?

Susanne aber blickte ihn nicht an. Thorsten sah, dass sie sich ein Schmunzeln nicht verkneifen konnte, als sie aufstand und den Tisch abräumte.

Genaugenommen lag ihm an diesem Tag nur eine Frau zu Füßen – in wörtlichem Sinne. Jasmin! Sie fiel in der Teeküche im Erdgeschoss vor ihm zu Boden, weshalb auch

157

immer. Thorsten half ihr auf, sie ließ seine Hand nicht los und er hielt sie schließlich in den Armen. Bis sie Schritte auf dem Gang hörten.

Ihr Kuss war wie Honig gewesen – Honig von Jasmin, Rosen, Orchideen und anderen Blumen, die Thorsten nicht benennen konnte. Ihre Haut war zart wie ein Blütenblatt.

Nein, das ist albern, dachte Thorsten, dass diese seltsamen Horoskope immer so wörtlich zu nehmen sind.

Abends war Susanne anschmiegsam und liebesbedürftig. Seit langem mal wieder.

Vorfreude

Susanne wünschte sich oft, sie hätte Birgit nicht um Rat gebeten. Auch jetzt wieder, als sie ihre Nummer wählte und hoffte, Birgit würde nicht nach dem Vorstellungs-gespräch fragen – nach dem eigentlichen, nach dem für diese Stelle im Controlling, für die sie die ‚Generalprobe' durchgeführt hatte.

Sie hatte den Termin abgesagt. Nicht nur aus Angst zu versagen, sondern auch aus Scham gegenüber Frau Sobich, der Inhaberin des Cafés. Derjenigen, der sie eigentlich hätte absagen müssen. Susanne hatte sich die ‚General-probe' anders vorgestellt – nicht ganz so erfolgreich, nicht ganz so verbindlich, nicht ganz so folgenreich. Das heißt: Eigentlich hatte sie sich die Generalprobe überhaupt nicht vorgestellt. Sie hatte ja erst gewusst, was zu tun war, als sie den Zettel an der Glastür las. Das alles war ihr jedenfalls viel zu schnell gegangen. Sie konnte nicht mehr zurück – ihr fehlte der Mut. Und irgendwie ... Irgendwie stieg eine kindliche Freude in ihr auf. Aufregung. Vorfreude.

„Susanne?", antwortete Birgit endlich. „Ist Thorsten schon wieder unterwegs?"

Susanne staunte. „Woher weißt Du das?"

„Na, Du rufst mich immer erst an, wenn Thorsten weg ist", lachte Birgit.

„Ehrlich? Ja ... Stimmt. Du hast recht."

„Wo treibt er sich denn schon wieder rum?"

„Ach Birgit, ich weiß es nicht. Und ich will es auch nicht wissen."

Seltsam, grübelte Susanne. Das war ihr gar nicht bewusst gewesen. Aber ja, doch, sie wartete immer, bis Thorsten aus dem Haus war, bevor sie telefonierte. Sie konnte es einfach nicht leiden, wenn er ihre Telefongespräche mitanhörte, vor allem, wenn sie mit Birgit sprach. Das war früher nicht so gewesen. Dabei redeten sie nichts, was er nicht hören durfte.

Außer heute.

Susanne wechselte schnell das Thema: „Du, Birgit, ich brauch Dich."

Es war kein verzweifeltes, kein hilfesuchendes *Ich brauch Dich*, sondern ein fröhliches, ein unternehmungslustiges.

„Was gibt's?", fragte Birgit neugierig.

„Du musst mit mir shoppen gehen. Und kannst Du mir Geld auslegen bis Anfang des Monats?"

„Ach so", fiel Birgit ein, „für das Vorstellungs... Aber war das nicht schon gestern?"

„Ja, war es", sagte Susanne knapp. „Und jetzt habe ich einen neuen Job und brauche dringend eine neue Garderobe."

„Du hast einen ..."

Erst verschlug es Birgit die Sprache, dann überschlug sich ihre Stimme vor Freude. Sie jubelte und kreischte und schrie ins Telefon. Susanne schwieg und schmunzelte.

„Mensch, Susanne, das müssen wir feiern", meinte Birgit, als sie sich wieder beruhigt hatte. „Natürlich gehen wir shoppen!"

Zu zweit besuchten sie ein paar der Geschäfte noch mal, in denen Susanne zwei Tage zuvor schon vergebens gesucht hatte. Nur waren es diesmal nicht so viele. Und es regnete nicht. Diesmal suchte Susanne auch kein Kostüm oder einen Hosenanzug, sondern einfach schöne, neue Sachen, in denen sie sich wohlfühlte. Natürlich wurde sie fündig. Und natürlich war Birgit nicht mehr ganz so begeistert, als sie erfuhr, dass Susanne nicht zum Vorstellungsgespräch gegangen war, sondern einen Job im Café angenommen hatte. Aber sie, Birgit, war selbst schuld daran, behauptete Susanne. Schließlich hatte sie ihr den Rat gegeben, eine Generalprobe durchzuführen.

„Hey, Du kannst immer noch zurück", sagte Birgit.

„Nein, kann ich nicht. Das Vorstellungsgespräch ist verpasst, das kann ich nicht nachholen. Außerdem freue ich mich auf den Job im Café. Da bin ich wenigstens mal wieder unter Menschen. Und nach der langen Zeit ... Ich bin mir gar nicht sicher, ob ich mir vorstellen könnte, wieder in einem Büro zu arbeiten und die Finanzen irgendeines großen Unternehmens zu steuern, zu dem ich sonst keinen Bezug habe."

Als sie nach Hause kam, wollte sie Thorsten ihre neue Kleidung vorführen und ihm zeigen, was sie an ihrem ersten Arbeitstag anziehen wollte. Sie stellte sich die Freude in seinem Gesicht vor, das Strahlen in seinen Augen, wenn sie es ihm erzählte. Aber Thorsten war nicht da. Er hatte es sich immer mehr zur Angewohnheit gemacht, seine Tage außer Haus zu verbringen.

Als er nach Hause kam, war sie beim Malen. Es wurde ein helles, ein fröhliches Bild. Ein Bild voller Zuversicht und Vorfreude. Es wirkte ganz anders als all die Bilder, die sie in den letzten Jahren gemalt hatte.

Thorsten stand daneben und freute sich. Er sah ihr eine Weile zu.

Aber Susanne sagte nichts. Sie würde es ja doch nicht

schaffen, ihm nur die Hälfte zu erzählen. Sie würde ausholen und ihm erzählen, wie es zu diesem Job gekommen war. Und Thorsten würde so ähnlich reagieren wie Birgit. Er würde es nicht verstehen, dass sie das Vorstellungsgespräch hatte platzen lassen. Er würde es nicht verstehen, dass sie sich tatsächlich auf die Arbeit im Café freute.

Aber genau diese Freude wollte sie jetzt auskosten. Ohne Thorsten, der nur dagegenreden und die Freude schmälern würde. Susanne schwieg und malte.

Ihre Wünsche könnten sich erfüllen

Als er morgens erwachte, streichelte ihn die Sonne sanft über die Stirn. Ihre Intensität hatte abgenommen. Nach dem extrem heißen Juni und Juli war der August bisher verregnet und kühl gewesen. Die Vögel schienen sich darüber zu freuen, sie zwitscherten besonders laut vor dem Schlafzimmerfenster. Thorsten hörte entfernt den Motor des Fensterrollos des Nachbarhauses. Das Geräusch wurde von einem vorbeifahrenden Auto geschluckt. Er hörte eine Frau Befehle erteilen, sie galten wohl einem Hund. Dann wurde es wieder still – abgesehen von dem heiteren Vogelgezwitscher. Seit seinem kurzen Krankenhausaufenthalt vor zwei Monaten achtete Thorsten beim Aufwachen auf die Geräusche, auf den Klang des Morgens.

Heute hörte er das Klingeln eines Telefons – Susannes Handy – und gleich darauf die gedämpfte Stimme. Normalerweise war Susanne vor dem Frühstück nicht ansprechbar.

Überraschend war auch die Information, die seine Nase ihm gab. Sie analysierte: Der Kaffee war fertig, Susanne hatte geduscht und war bereits in der Küche; die Duftkerze, die einst zum Frühstück obligatorisch gewesen war, brannte wieder. Schon seit ein paar Tagen war das so. Susanne hatte in den letzten Tagen ungewöhnlichen Elan entwickelt: Sie kam entweder erst spätabends nach Hause oder verließ das Haus bereits vor ihm. Sie sagte entweder, sie sei mit Birgit verabredet, oder mit den Künstlerinnen. Die neuen Freundinnen jedenfalls schienen ihr gutzutun.

Thorsten geduldete sich, bis er Susannes Stimme nicht

mehr hörte, dann stand er auf, holte die Zeitung herein und setzte sich an den Frühstückstisch. Fröhlich wurde er begrüßt. Fröhlich wünschte auch er einen guten Morgen. Sein wachsendes Erstaunen ließ er sich nicht anmerken.

Susanne schrieb:

Seien Sie heute vorsichtig mit Ihren Wünschen, lieber Thorsten. Sie könnten in Erfüllung gehen.

Thorsten hatte nur drei Wünsche an diesem Tag. Der erst fiel ihm sofort ein.

„Hmmm, lass mich nachdenken …", sagte er. „Ich hab's. Ich wünsche mir ein großes Schokoladeneis irgendwann heute … und … Ist dieser Wunsch vorsichtig genug?"

Susanne lachte. „Ich denke schon. Aber pass auf, dass es nicht zu groß ausfällt und Du Dich nicht daran überisst."

„Das passiert mir nicht", behauptete Thorsten.

Thorstens Wunsch erweckte wiederum bei Susanne einen Wunsch: Schade, dachte sie, dass es nicht möglich war, ihm das Schokoladeneis selbst zu servieren. Sie selbst hatte sich an dem Eis, das sie im Café servierten, schon fast überessen.

Thorsten arbeitete den Vormittag über an einem neuen Projekt und schäkerte dazwischen mit Jasmin in der Teeküche.

Seinen ersten Wunsch erfüllte ihm Luca Lucretti. Der aufstrebende Modezar war auf der Durchreise nach Skandinavien, wo die Expansion seines Imperiums immer konkretere Züge annahm. Am späten Vormittag war er mit seiner Assistentin, mit der Stretchlimousine und Karl Lauterbach in der Firmenzentrale angekommen, um die Verträge zu unterzeichnen. Da Luca Lucretti bei seinem diesjährigen Besuch der Modemesse schon immer ein Liebhaber der indischen Küche gewesen war, hatte man zur Feier der Vertragsunterzeichnung entsprechend vorgesorgt und zum Lunch einen Tisch beim Inder reserviert und einen edlen Champagner vorbestellt. Da Lucretti schon am Nachmittag weiterreiste, sollte Thorsten dabei sein, um ihn ein wenig zu interviewen: In der Mitarbeiterzeitung von As & As wurden regelmäßig die wichtigsten Kunden vorgestellt, und da Lucretti sich gleich bei seiner Ankunft über den netten Chauffeur vom letzten Mal erkundigt hatte, übertrug man diese Aufgabe kurzfristig Thorsten. Es war das erste Mal, dass Thorsten nicht als Chauffeur in der Stretchlimousine saß, sondern im Fond mitfuhr.

Wohin es denn gehe, erkundigte sich Lucretti erst beim Einsteigen.

„Mein lieber Freund", meinte Robert Assling in vertraulichem Tonfall, „was glaubst Du, wohin wir den größten Liebhaber der indischen Küche entführen? Na?"

Lucretti zögerte. „Weißt Du", begann er, „in Indien isst man derzeit am liebsten Eiscreme. Fruchtiges, cremiges Eis. Und da man bei Gelati auch in meiner Heimat sehr erfinderisch ist, wieso sollte ich mich diesem Trend nicht anschließen? Bei Eiscreme ist es wie mit der Mode – man muss der Zeit immer ein bisschen voraus sein."

„Du meinst, mittags warm zu essen ist out? Man isst jetzt Eis zu Mittag?", hakte Robert Assling nach.

„Si, si, si. Bald wird es so sein. Aber ich halte es schon lange so", behauptete Lucretti.

Ratlos sahen Robert und Stefan Assling und Karl Lauterbach einander an.

„Ich kenne ein nettes Café in der Innenstadt, das nicht

ganz so überfüllt ist wie die großen Eisdielen", fiel Thorsten ein. Nicht umsonst war er monatelang ziellos kreuz und quer durch die Stadt geirrt.

„Es liegt am Rande der Fußgängerzone an einem urigen Platz. Es hat eine Auswahl an Eissorten, die zwar nicht riesig ist, aber ausgefallen – und vor allem wird das Eis dort selbst hergestellt."

Alle nickten zufrieden. Während Karl Lauterbach den Brüdern Assling, Luca Lucretti und seiner Assistentin die Wagentür aufhielt, erklärte Thorsten ihm den Weg. Dann angelte er sein Handy aus der Tasche und gab in der PR-Abteilung Bescheid, man möge beim Inder anrufen und die Reservierung stornieren; den Champagner, den das Lokal extra besorgt hatte, solle der Wirt in Rechnung stellen und für einen anderen Anlass aufheben. Man war schließlich Stammgast.

„Einverstanden?", fragte Thorsten die Firmenchefs.

„Gut gelöst", lobte Stefan Assling.

Die Assistentin wenigstens hatte Lucretti seit seinem letzten Besuch beibehalten.

Seinen ersten Wunsch des Tages hatte ihm also Luca Lucretti erfüllt, indem er denselben Wunsch geäußert und sich vorher nach Thorsten erkundigt hatte. Während Thorsten das Eis genoss – eine große Portion nicht nur Schokoladeneis, sondern auch Erdbeer-Rhabarber, Kirsch-Rosmarin und Limette –, während er Lucretti interviewte, der es wiederum genoss, befragt zu werden, und während er sich Notizen machte, formulierte er in Gedanken seinen zweiten Wunsch. Es war ein Wunsch, der ihm durch den Kopf schoss, weil er in diesem Moment großes Glück empfand. Glück darüber, in seinen Beruf zurückgekehrt zu sein und einen so abwechslungsreichen Job zu haben, der ihm Spaß machte; Glück darüber, so tolle Chefs zu haben, die seine Potenziale erkannten und seine Ideen und seine Arbeit wertschätzten; Glück darüber, jetzt hier mit diesen Menschen an einem Tisch zu sitzen und mit einer großen Portion Eis eine Vertragsunterzeichnung mitfeiern zu dürfen.

Mit einem Menschen hätte er dieses Glück gerne geteilt – mit einem Menschen, mit dem er schon viele Hochs und Tiefs geteilt hatte: Ich wünschte, Susanne wäre jetzt hier, dachte Thorsten, während Luca Lucretti wortgewandt und bilderreich von den Anfängen seiner Karriere berichtete.

Thorsten legte seinen Löffel beiseite und notierte sich ein paar Stichpunkte.

Als er aufblickte, sah er sie. Er sah Susanne, die an den Tischen auf der anderen Seite zwei junge Männer bediente. Er sah Susanne, die ein Tablett abstellte, zwei Kaffees und zwei Teller Kuchen auf dem Tisch abstellte und mit den Männern lachte. Er sah Susanne, die fröhlich und glücklich wirkte. Fasziniert starrte er zu der Frau hinüber.

Das Lachen der Brüder Assling und der italienischen Assistentin lenkte Thorstens Aufmerksamkeit zurück an den Tisch. Er hatte einen Scherz versäumt, den Luca Lucretti gegenüber der Bedienung gemacht hatte – gegenüber der anderen Bedienung, der, die an ihrem Tisch bediente.

Thorsten führte sein Interview zu Ende – auch Robert Assling stellte Fragen, denn er kannte viele von Lucrettis Anekdoten schon – und bestellte sich mit den anderen noch einen Kaffee. Noch einmal konnte er einen Blick auf die Bedienung am anderen Ende erhaschen, die so unbekümmert und lebensfroh wirkte. In diesem Moment formulierte er in Gedanken seinen dritten Wunsch: Ich wünschte, es wäre wirklich Susanne ...

Blattgrün und frische Wäsche

Das Spannendste an diesem Job waren für Susanne all die unterschiedlichen Menschen, denen sie begegnete. Sie sorgten immer für Überraschungen. Da waren die fröhlichen und die zum Scherzen aufgelegten, die unauffälligen, die höflichen und die charmanten, die fordernden und die verträumten, die vorlauten, die miesgelaunten, die lauten und die unscheinbaren, die mitteilungsbedürftigen und die wortkargen, die vor sich hin träumenden, die nachdenklichen und die umsichtigen, die hilfsbereiten, die extrovertierten, die grantelnden und die netten Gäste. Frauen, Männer, Junge, Alte, ganz Alte, mit ganz Jungen oder ohne, Einzelne, Grüppchen, Pärchen. Kein Tag war wie der andere.

Für diesen Nachmittag hatten sich Gäste angekündigt, auf die sich Susanne besonders freute: ein Grüppchen, jung und alt, ausschließlich Frauen. Claudia, Marlies, Eva, Anne und Lisa. Eva und Anne jung, Claudia, Lisa und Marlies etwas älter; Marlies, Lisa und Eva extravagant, Anne und Claudia unscheinbarer. Lisa lachte am lautesten, von Anne war am wenigsten zu hören. Aber eines hatten sie gemeinsam: Sie alle waren Künstlerinnen, sie waren eng befreundet und hielten zusammen – und sie waren entschlossen, Susanne in ihren Kreis aufzunehmen. Marlies kannte Susanne schon eine Weile; sie wohnte in der Nachbarschaft und lief ihr öfter über den Weg. Marlies war es auch gewesen, die ihr das Vorstellungsgespräch vermittelt hatte, das Susanne abgesagt hatte. Nach und nach hatte sie Susanne die anderen Frauen vorgestellt, sie nahm sie zu

Vernissagen und zu Künstlertreffs mit.

Das Café war halbvoll, draußen saß niemand, es nieselte leicht.

Während Susanne an anderen Tischen bediente, nippten die Frauen an ihren Kaffees, zeigten mit ihren Fingern auf Susanne und kicherten. Susanne kam zu ihrem Tisch.

„Sagt mal, was ist denn los?"

„Nichts!"

„Nö."

„Gaaar nichts!"

„Wir wollten Dich nur an unseren Tisch locken", sagte Marlies ernst. Die anderen kicherten.

„Und wir wollen Deine Chefin sprechen", sagte Lisa ebenso ernst. Diesmal kicherte niemand.

„Das könnt ihr doch nicht machen", tadelte Susanne leise.

„Dooooch", behauptete Eva.

„Warum?", fragte Claudia.

„Doch doch, das können wir", sagte Marlies und zwinkerte ihr zu.

„Gibt es ein Problem?", fragte Marianne Sobich, die schon dastand.

„Nein, nein", wehrte Lisa ab.

„Im Gegenteil", behauptete Marlies.

„Gar nicht", sagte Anne.

„Wir wollen nur Susannes Chefin kennenlernen", erklärte Lisa. „Sieht nämlich so aus, als hätten wir ein neues Stammcafé gefunden."

„Es ist echt schön hier", stellte Anne fest.

„Gemütlich", ergänzte Claudia, „und inspirierend."

„Danke", sagte Marianne Sobich.

„Keine Sorge, wir können uns auch benehmen", sagte Marlies, „wir sind nicht immer so aufgekratzt wie heute."

„Aber wir hinterlassen Spuren", behauptete Eva, und alle fünf nickten ernst.

„Spuren?", fragte Marianne Sobich.

„Spuren!"

Susanne wurde an einen anderen Tisch gewunken und kassierte bei zwei jungen Männern, danach nahm sie zwei Bestellungen auf und servierte Eis, Kuchen und Getränke.

Als sie zu den Künstlerinnen zurückkehrte, saß Marianne Sobich mit am Tisch und lachte mit ihnen, und alles war schon in trockenen Tüchern.

„In trockenen Tüchern?", frage Susanne verständnislos.

„In trockenen Tüchern", wiederholte Marlies, und alle grinsten Susanne zufrieden an – einschließlich Marianne Sobich.

Erstens freute sich Marianne über die Idee, im Café eine Ausstellung zu eröffnen. Die Vernissage sollte schon in zwei Wochen stattfinden, weil danach Anne in den Urlaub fuhr und nach ihr Eva, weil danach Marlies zu viele Termine hatte und dann Claudia verreiste. Aber die Damen würden dafür sorgen, dass zur Vernissage genügend Gäste kamen, und Anne versprach, gleich morgen die Einladungen zu versenden. *Blattgrün und frische Wäsche* sollte die Ausstellung heißen, nach den Titeln zweier Werke. Susanne staunte.

Zweitens hatte Marianne die Idee aufgegriffen, die Susanne vor ein paar Tagen schon geäußert hatte, und die Künstlerinnen waren begeistert darauf eingegangen: Gemeinsam würden sie eine Schaufensterpuppe gestalten, sie extravagant kleiden und dekorieren, ihr einen Platz am Fenster zuweisen, damit sie die Passanten hereinwinken konnte, und ihr den Tisch mit ungewöhnlichen Details decken. Sie würde Ricarda heißen und für das Gemeinschaftsatelier werben.

Als Susannes Schicht beendet war und sie ihre Abrechnung gemacht hatte – sie hatte schon am Morgen angefangen und war vor Thorsten aus dem Haus gegangen –, setzte sie sich mit einem Milchkaffee und einer Kugel Mango-Chili-Eis zu den Damen an den Tisch, um sich noch ein wenig zu vergnügen. Sie liebte die Eiskreationen, die Marianne Sobich sich mit einer Kollegin ausdachte. Sie lauschte Evas und Claudias Witzen über Fahrräder und Lisas Klagen über ihren Sohn, der für einen Triathlon übte und seither nicht mehr erreichbar war. Sie hob ihre Tasse an die Lippen und ließ den Blick durch den Raum schweifen. Gerade hatte ein Mann das Café betreten – Susanne erstarrte. Der Mann wandte den Blick ab, als Susanne ihn ansah, und glitt zur Tür hinaus. Er trug Businessoutfit, sah Thorsten aber zum Verwechseln ähnlich. Genau wie der Mann, vergangene Woche mit der Italienerin und den anderen Anzugträgern draußen gesessen hatte. Konnte er es gewesen sein? Thorsten? Aber weshalb trug er Anzug? Er ging doch immer in Jeans und T-Shirt aus dem Haus. Und warum ...? Was führte er im Schilde? Thorsten war nicht der Typ, der krumme Dinger drehte.

War er vergangene Woche aus Zufall im Café gelandet und hatte sie auch gesehen? War er heute zurückgekommen, um sich zu vergewissern, dass sie es gewesen war?

Letztlich war sich Susanne auch nicht sicher, ob er es tatsächlich war. Aber was trieb er denn den ganzen Tag? Weshalb war er seit Monaten den ganzen Tag unterwegs? War eine Frau im Spiel? Die Italienerin?

Am Tisch mit den durcheinanderredenden und witzelnden Frauen fasste Susanne einen Entschluss: Morgen würde es Zeit für ein neues Horoskop. Sie würde ihn einfach auffordern zu reden.

Man hört Ihnen zu ...

Als er morgens erwachte, flog eine Amsel schimpfend ganz dicht am Haus vorbei. Der Himmel strahlte, der Sommer gab sich noch einmal Mühe. Der vereinte Duft von Kaffee, Duschgel und Duftkerze schwebte durch den Flur zur Schlafzimmertür herein und ließ sich unter Thorstens Nase nieder. Das war jetzt wieder zur Regel geworden.

Beim Frühstück hatte Susanne es eilig. Anscheinend wollte sie wieder vor ihm aus dem Haus. Dennoch schrieb sie ihm ein Horoskop, bevor sie vom Tisch aufstand:

Lieber Thorsten, Ihre Mitmenschen sind heute entspannt und Sie sind charmant und wickeln jeden um den Finger. Man hört Ihnen zu und verzeiht Ihnen alles. Nutzen Sie diese Gelegenheit, um mit der Sprache herauszurücken, wenn es etwas gibt, was Sie loswerden wollen.

Thorsten hob den Kopf. Erstaunt betrachtete er seine Frau. Susanne wollte ihm auf einmal zuhören? Jetzt? Heute?

„Was willst Du wissen?", fragte er missmutig.

„Was treibst Du denn eigentlich so?", sagte sie herausfordernd.

Das war keine gute Voraussetzung für ein ehrliches, klärendes Gespräch. Die falsche Atmosphäre.

„Heute Abend bin ich mit Jo verabredet", wich er aus.

Susanne schnaubte. „Mit Jo!"

„Ja, mit Jo."

Lange und reglos sah er sie an.

„Was machst Du eigentlich den ganzen Tag?", fragte er dann. Es sollte unverfänglich klingen. Tat es aber nicht.

„Ich treffe mich mit Marlies und den anderen Künstlerinnen", sagte sie langsam und deutlich, als spräche sie mit
einem Kind.

„Schon wieder?"

Susanne zog die Augenbrauen hoch und betrachtete ihn
einen Moment.

„Warum?", fragte sie dann.

In der Arbeit war Thorsten unkonzentriert. Er versendete
E-Mails ohne die gewünschten Anhänge und verzettelte
sich bei einer Internetrecherche. Dann sortierte er seine
Ablage um, weil er dabei war, den Überblick zu verlieren.
Er war einfach niedergeschlagen.

Beim spätmorgendlichen Kaffeeritual in der Teeküche
schlang Jasmin ihre Arme um seinen Hals. Sie duftete verführerisch wie immer. Statt sie zu küssen, wandte er den
Kopf ab. Er bat sie, sich zu setzen. Er erzählte ihr, dass er
verheiratet war.

„Das dachte ich mir schon ...", sagte sie nur.

Und auf einmal saß er da und erzählte ihr alles – dass er
ein ungewöhnliches Doppelleben führe, weil seine Frau
nicht wisse, dass er wieder berufstätig sei; er erzählte von
dem Schließfach in der U-Bahn, vom Fitnessstudio und der
Kleiderschrankgarage; er erzählte von den erfundenen
Horoskopen, die sich auf mysteriöse Weise immer bewahr-
heiteten, obwohl sie meist anders gemeint waren; und er
erzählte von Susanne, von ihrem Frust und ihren Depressionen und davon, dass sie jetzt wieder Auftrieb habe, aber
offensichtlich auch Geheimnisse vor ihm.

Jasmin saß nur da und streichelte seinen Arm. Als er
fertig war, entschuldigte sie sich, sie müsse wieder an die
Arbeit.

Thorsten fühlte sich erleichtert nach diesem Ausbruch und vergaß den Rest des Tages keine Mailanhänge mehr.

Dennoch verließ er das Büro eine Stunde früher als sonst. Er lief an der Reinigung vorbei und tauschte getragene gegen gewaschene Hemden aus. Er lief eine Weile ziellos kreuz und quer durch die Stadt und machte sich schließlich auf den Rückweg zu seiner Garage.

Thorsten balancierte gerade auf einem Bein, um zu verhindern, dass die Hose beim Ausziehen den Garagenboden streifte, als das Handy klingelte.

„Bin später dran", erklärte Jo, „hatte einen Termin. Sitze grade noch im Auto. Soll ich Dich zuhause abholen?"

„Nein, bloß nicht. Äh ... Ich habe da so etwas wie einen Zweitwohnsitz."

„Was ...?"

„Erzähl ich Dir später. Es ist bloß eine Garage. Jedenfalls kannst Du mich dort abholen."

Auch Jo erzählte er die Wahrheit, er ließ nichts aus. Auch Jo hörte ihm zu.

Jo schüttelte nur den Kopf. Er konnte ihm keinen Rat geben. Aber das hatte Thorsten auch gar nicht erwartet.

Noch mehr erfundene Horoskope

Wie schon erwähnt, liebte Susanne ihren neuen Job auch deshalb, weil sie mit den unterschiedlichsten Menschen zu tun hatte. Täglich sorgten sie für ungewöhnliche Begegnungen. Am Samstag war es das schwangere Mädchen gewesen, das mit den extrem hellen blauen Augen und dem durchdringenden Blick. Ihre Bewegungen schienen zu fließen, sie wirkten wie Wasser, und beim Laufen schien sie zu schweben. Sie war still, aber höflich, und Susanne war sie ein wenig unheimlich. Gestern Morgen war es der alte Mann gewesen, der auch seinem imaginären Begleiter einen Kaffee bestellte. Ab und zu beugte er sich vor, um kurz und leise ein paar Worte mit ihm auszutauschen. Abgesehen davon machte er einen geistig gesunden und vernünftigen Eindruck und er kommunizierte mit seiner Umwelt ganz normal.

„Wen haben Sie da dabei?", fragte Susanne, als sie kassierte.

Mit zusammengekniffenen Augen sah er sie kurz an, dann entspannten sich seine Züge und er erklärte knapp: „Albert. Aber Sie werden ihn ohnehin für ein Hirngespinst halten – oder sind Sie verrückt?"

„Guten Morgen, Albert", grüßte Susanne freundlich das Hirngespinst und ging weiter.

Heute war es ein Mann ihren Alters, der ihre Aufmerksamkeit auf sich zog. Er trug Vollbart und Brille und paffte an einem Zigarillo. In der anderen Hand hielt er einen Kugelschreiber, vor sich hatte er Papiere ausgebreitet. Er saß direkt neben dem Eingang und folgte ihr ständig mit den Augen, wenn sie hinein- oder hinausging. Als sie direkt auf ihn zu lief, hielten seine Blicke sie fest.

„Kann ich noch etwas für Sie tun?", fragte Susanne.

„Oh, n-nein", stotterte er. „Verzeihen Sie, das ist eine schlechte Angewohnheit von mir, ich weiß. Wenn ich mich konzentriere, mir aber nichts einfällt, starre ich immer jemanden an. Das meine ich nicht so, und mir fällt es immer erst durch die Reaktion auf, wenn sich dadurch jemand belästigt fühlt ..."

„Oh, ich fühle mich nicht belästigt."

„Eigentlich dürfte ich mit solchem Kram die Redaktion gar nicht verlassen, weil ich ja im Voraus weiß, dass mir nichts einfällt", seufzte der Mann.

Susanne erhaschte einen kurzen Blick auf seine Papiere. Was sie sah, erweckte ihre Neugierde.

„Worum geht es denn?", wagte sie zu fragen.

„Puh", machte er und rieb sich den Nacken. Es war ihm offenbar peinlich, darüber zu sprechen.

„Horoskope", sagte er nur.

„Horoskope?" Unwillkürlich stellte Susanne das dreckige Geschirr, das sie in der Hand hielt, auf dem Tisch ab.

„Darf ich?", fragte sie, um nicht ganz unhöflich zu sein, bevor sie sich setzte.

„Jede Woche zwölf Horoskope", stöhnte er, „für die Wochenendbeilage. Das hat bis vor kurzem ein Volontär gemacht, aber der ist raus. Jetzt ist der unliebsame Job an mir hängengeblieben. Ist natürlich nicht mein Ressort – ich bin aus der Politik –, aber es passt auch in kein anderes Ressort. Irgendwer muss es ja machen. Und langsam gehen mir die Ideen aus."

„Ist das nicht eine komplizierte Wissenschaft?", fragte Susanne.

„Na ja, wahrscheinlich schon."

„Heißt das ... Sie kennen sich gar nicht mit Astrologie aus?", staunte Susanne.

„Ehrlich gesagt, nein", gestand der Mann.

„Dann mache ich ja alles richtig", lachte Susanne. Kurz sah sie sich nach den anderen Gästen um, aber niemand schien etwas von ihr zu wollen.

„Wie meinen?"

„Ich schreibe auch Horoskope. Für meinen Mann. Ich habe auch keine Ahnung, ich erfinde sie einfach. Genauso wie Sie."

Jetzt staunte der Redakteur.

„Und ... Treffen sie denn zu?", fragte er.

Susanne lachte auf. „Oh, ich habe keine Ahnung, ob sie nur im Geringsten zutreffen. Mein Mann redet nicht darüber. Aber er scheint ganz versessen danach zu sein."

„Im Ernst?"

„Scheint so. Und dabei glaubt er gar nicht an Horoskope, versteht sich."

„Und Ihnen macht das Spaß, ja?"

„Naja, wenn ich meinem Mann einen motivierenden Gruß mit in den Tag gebe, fühle ich mich nicht schlecht dabei", resümierte Susanne.

Der Mann starrte sie an. „Erstaunlich!"

„Wie viele müssen Sie denn heute noch schreiben?", erkundigte sich Susanne.

„Zwei ... Würden Sie ...?"

Susanne blickte sich noch einmal um. Das Café war zwar gut besucht, aber sie bedienten zu zweit und es war nicht allzu stressig. Sie würde schon ein paar ruhige Minuten finden.

„Ich kann es versuchen. Wie ausführlich sollen sie denn sein?"

Der Mann deutete auf seine Vorlage. „So etwa. Nicht länger."

„Und bis wann müssen sie fertig sein?"

„Bis in einer Stunde."

„Geht klar", sagte Susanne, stand auf und trug das dreckige Geschirr hinein.

Eine knappe Stunde später reichte sie ihm die Rechnung und zwei fertige Horoskope.

„Bravo", staunte er, „nicht schlecht."

Er gab ihr ein saftiges Trinkgeld und seine Visitenkarte.

„Also wenn Sie wollen ... haben Sie den Job. Jede Woche zwölf Horoskope. Ich habe gerade mit dem Chef telefoniert, der ist einverstanden. Das Honorar müssen sie mit ihm aber selbst aushandeln."

Susanne staunte über ihr Glück – genauso wie der Redakteur.

Ein paar Überraschungen

Als er morgens erwachte, hatte er so etwas Ähnliches wie eine Vorahnung. Es war zwar keine konkrete Vorahnung, aber es war dennoch eine Vorahnung. Eine sehr unbestimmte, vage, leichte Vorahnung. Er erwachte mit einem Lächeln, und die Sonne lächelte zurück. Sie kitzelte ihn an der Nase und leuchtete das Schlafzimmer so hell aus, wie sie konnte. Sie schien ihm sagen zu wollen: „Pass auf, was Dich heute erwartet. Es wird Dir gefallen. Lass Dich überraschen ..."

Thorsten befragte seine Nase. Kaffee, Duschgel und Duftkerze, berichtete sie.

Thorsten lauschte nach draußen: Keine auffälligen Geräusche.

Er schwang sich aus dem Bett, lief zur Haustür, holte die Zeitung herein und eilte in die Küche.

„Guten Morgen!", rief er noch in der Tür – und rannte in Susanne. Susanne schrie auf, eine Tasse klirrte – aber Susanne konnte er auffangen.

„So stürmisch heute?", fragte Susanne. „Guten Morgen."

„Ach, weißt Du", redete er sich heraus, während er sich nach den Scherben bückte, „ich habe mir gedacht, so ein paar Scherben wären doch mal ganz nett. Und es ist doch schön, sowas gleich morgens hinter sich zu bringen."

Heute las Susanne nicht in der Zeitung. Sie rührte sie nicht einmal an. Sie kaute und grübelte. In der einen Hand hielt sie ihr Brot, in der anderen den Stift. Neugierig schielte

Thorsten zum Notizblock herüber. Aber Susanne legte das Brot beiseite und verdeckte sein Horoskop mit der Hand, bis sie es für fertig erklärte.

Während er las, nahm Susanne ihr Brot wieder auf und kaute weiter.

Dieser Tag wird sehr lang sein, und er wird ein paar Überraschungen parat haben, lieber Thorsten. Bereiten Sie sich auf offene, ehrliche Gespräche vor und verschließen Sie sich nicht. Es ist Zeit, für etwas, das Ihnen wichtig ist, eine neue Basis zu schaffen. Blicken Sie nach vorne. Und morgen fangen wir einfach neu an ...

„Hm, Du bift heute unterwegf, oder?", fragte Susanne mit vollem Mund, während Thorsten noch las.

„Ja, ich muss in einer Stunde weg."

„Gut. Abends hast Du aber schon Zeit?"

„Ja, hab ich. Wofür?"

„Ich nehm Dich mit auf eine Vernissage", erklärte sie. „Das heißt, ich bin schon da und Du kommst nach. Um neunzehn Uhr. Du musst aber pünktlich sein. Versprochen?"

„Versprochen."

War es ein Déjà-vu? Dieses Gespräch fühlte sich an wie ein ganz normales Gespräch zwischen einem ganz normalen Paar, das ganz normal miteinander kommunizieren konnte und keine Geheimnisse voreinander hatte. Nicht einmal ein so klitzekleines Geheimnis wie einen Beruf.

„Das ist übrigens ein sehr schönes Horoskop", stellte Thorsten fest.

„Ich weif", sagte Susanne mit vollem Mund und spülte den letzten Bissen mit Kaffee hinunter.

Thorstens Vorschlag, eine Marktstudie durchzuführten, war in der Firma auf großes Interesse gestoßen. Heute Vormittag unterbreitete er dem Marketingteam und den Brüdern Assling seine Argumente und seinen ersten Grobentwurf. Er schlug vor, eine auf Recherchen basierende Analyse selbst durchzuführen und auf Basis dieser Erkenntnisse eine empirische Analyse zu konzipieren – schließlich war er auf solche Dinge spezialisiert –, und nur die Datenerhebung außer Haus zu geben. So würden sich die Kosten in Grenzen halten, rechnete er vor. Alle waren überzeugt. Das Projekt wurde ihm übertragen und ein Budget festgelegt.

Die Besprechung ging ohne die Firmenchefs weiter. Da Thorsten das Sommerfest so erfolgreich in die Hand genommen hatte, wäre man dankbar, wenn er auch die standortinterne Weihnachtsfeier organisieren könne, meinte Peter. Allen anderen im Team seien dafür inzwischen die Ideen ausgegangen. Tanja, die Kollegin, die für diese Feiern bisher zuständig gewesen war, nickte erleichtert. Thorsten dachte an ein Straßenmusikertrio, dem er auf seinen Streifzügen durch die Stadt gerne gelauscht hatte. Sie spielten witzige, schwungvolle Lieder, sangen in Mundart dazu und konnten die Umstehenden zu Lachtränen rühren. Thorsten wusste aus Gesprächen mit dem Trio, dass sie ein, zwei Konzerte schon gegeben hatten. Den passenden Rahmen dafür würde er auch finden.

Nach zwei Stunden Besprechungen traf er Jasmin in der kaum frequentierten Teeküche im Erdgeschoss, zum ersten Mal, seit er ihr das Herz ausgeschüttet hatte.

Jasmin vermied jeden Körperkontakt, verhielt sich sonst aber normal. Sie war liebenswert und fröhlich wie immer und ging nicht auf Distanz, registrierte Thorsten dankbar. Wie eine Blume eben. Sie sprach vertraulich mit ihm. Sie erzählte ihm, wie aufgeregt sie sei, weil sie ein Date habe, und sie lud ihn für die kommende Woche zu ihrer Geburtstagsfeier ein. Sie würde sich freuen, sagte sie, wenn er seine Frau mitbrächte, sie sei schon neugierig auf Susanne.

Thorsten lächelte gequält und suchte nach Worten.

„Mensch, Thorsten!", tadelte die Blume. „Diese prekäre Situation ist doch unhaltbar. Du musst Deiner Ehefrau irgendwann erzählen, dass sich Dein Leben verändert hat, und sie daran teilhaben lassen. Und zwar bevor Ihr Euch total auseinandergelebt habt. Bist Du wirklich so ein Feigling? Das glaub ich nicht."

Jasmins Worte saßen.

„Wie auch immer, ich komme gerne", sagte Thorsten kleinlaut. „Auch weil ich Bobo wiedersehen will. Ich habe ein paar Takte mit ihm zu reden."

Er erzählte Susanne von seinem Verdacht, dass sich der Kater in ihrer Abwesenheit über den Balkon aus der Wohnung schlich. Jasmin machte große Augen – vor allem als sie erfuhr, dass Bobo ein Kind gerettet und dafür gesorgt hatte, dass er Robert Assling kennenlernte.

Dass der Kater auch einen Unfall verursacht hatte, verschwieg er lieber.

Voll Vorfreude blickte Thorsten dem Abend entgegen. Auf dem Weg zur Vernissage ging er erst an der Wäscherei und dann an der Kleiderschrankgarage vorbei. Er wollte nicht in Freizeitkleidung erscheinen und tauschte lediglich das Hemd.

Pünktlich um sieben kam er an dem Café an, vor dem er wenige Wochen zuvor mit Asslings, Luca Lucretti und dessen Assistentin gesessen, eine Vertragsunterzeichnung mitgefeiert, ein Interview geführt und köstliches Eis gegessen hatte. Und wo er an den anderen Tischen eine Frau hatte bedienen sehen, die Susanne zum Verwechseln ähnlich sah. Wo es ihn eine Woche später nochmals hingezogen hatte, weil diese Frau ihm keine Ruhe ließ. Diesmal war Susanne tatsächlich dort gewesen. Sie war als Gast innen mit einer Gruppe Frauen zusammengesessen – das mussten wohl die Künstlerinnen gewesen sein. Erst heute Morgen war ihm klar geworden, dass Susanne den Künstlerinnen wohl geholfen haben musste, eine Vernissage vorzubereiten – für heute, in eben jenem Café. Das also war ihr Geheimnis gewesen.

Das erste, was er sah, war Susanne. Das zweite Déjà-vu an diesem Tag traf ihn mit solcher Kraft, dass er unvermittelt stehenblieb. Sie stand in die Tür des Cafés gelehnt da und strahlte über das ganze Gesicht. So glücklich hatte er sie seit Jahren nicht mehr gesehen. Sie trug ein blaues Kleid, das er noch nie an ihr gesehen hatte und ... Oder doch?

Erst als er das Drumherum wahrnahm – das Fachwerk, die Häuserfront, die rostroten Fensterläden und die wuchernden Geranien, die runden Tische und hölzernen Stühle mit den roten, lila, rosa und orangefarbenen Kissen, die ihm bei seinen ersten Besuchen nicht aufgefallen waren –, erst da wurde ihm bewusst, dass er dieses Bild tatsächlich schon einmal gesehen hatte. Es war kein Déjà-vu, sondern tatsächlich eine Erinnerung – die Erinnerung an einen Traum, von dem er sich gewünscht hatte, er wäre wahr.

Thorsten wusste auf einmal, dass die eigentliche Überraschung des Abends erst noch bevorstand.

Die strahlende Susanne in ihrem blauen Kleid winkte ihm zu und andere Gäste liefen an ihm vorbei zur Tür, in der sie lehnte, um sie zu begrüßen.

Zum Glück funktionierten seine Beine auch ohne sein Zutun. Überwältigt ließ er sich von ihnen zu ihr tragen.

„Du bist wunderschön", konnte er nur sagen.

Susanne gab ihm einen Kuss und schob ihn ins Café. Weitere Gäste folgten ihm.

Thorsten sah sich um. Eine ältere Dame, dem Auftreten nach wohl die Inhaberin des Cafés, begrüßte ihn freundlich und drückte ihm ein Glas Sekt in die Hand.

Unter den Anwesenden erkannte er zwei der Frauen, mit denen Susanne letztens draußen am Tisch gesessen hatte. Ohne ihn um Erlaubnis zu fragen, trugen seine Beine Thorsten zu ihnen hin. Er stellte sich als Susannes Mann vor. Überschwänglich wurde er begrüßt. Die Ältere stellte sich als Marlies vor, die Jüngere als Eva. Weitere Hände streckten sich ihm entgegen, die er artig ergriff. Es folgten Namen, die er sofort wieder vergaß.

Was er als nächstes sah, überwältigte ihn noch mehr. An der Wand hing hell beleuchtet das Bild, das er so sehr bewundert hatte. Der abstrahierte Ausschnitt Natur in Grün-, Rotbraun- und Rottönen, das Bild, das Susanne im Garten gemalt hatte, an dem Tag, an dem Thorsten seine Kleiderschrankgarage gemietet hatte. Daneben hing ein anderes Bild, das sie in den vergangenen Wochen gemalt hatte. Es war in Weiß gehalten und zeigte eine Wäscheleine, an der sich die Wäsche leicht im Wind blähte. Es wirkte ganz leicht und beschwingt. Erst jetzt fiel ihm auf, dass ausschließlich Herrenhemden daran hingen. Susanne hatte hier die Hemden, die er heimlich zur Reinigung trug, zum Trocknen aufgehängt, dachte er. Noch zwei, drei andere Bilder erkannte er wieder, die Susanne in letzter Zeit gemalt hatte. Vier! Langsam kam ihm der Verdacht, dass sämtliche Bilder im Raum von Susanne stammen mussten. Sie alle waren hell, leuchtend, ausdrucksstark und lebensfroh. Nicht mehr so düster wie in den vergangenen Jahren. Er besah sich jedes einzelne.

Erst als es um ihn herum still wurde, traf ihn die Erkenntnis: Es war Susannes Vernissage, die hier gefeiert wurde! Susannes erste eigene Ausstellung! Thorsten spürte, dass er einen hochroten Kopf hatte. Und seine Augen waren feucht. Mit einem einzigen Zug leerte er das Glas Sekt, das er noch immer in der Hand hielt.

Die Hausherrin begrüßte ihre Gäste und erzählte, wie Susanne Spieß eines Tages in strömendem Regen zur Tür hereingekommen war, um sich vorzustellen. Erst vor kurzem habe sie ihr gebeichtet, dass sie sozusagen auf dem Weg zu einem anderen Vorstellungsgespräch gewesen war und sich bei ihr nur habe erholen wollen.

„Ich hoffe sehr", schloss Marianne Sobich ihre Ansprache, „sie wird sich noch lange hier bei der Arbeit erholen! Denn sie bringt mir frischen Wind, neue Kundenkreise, Künstler und Kunst ins Haus und stellt alles auf den Kopf. Ich freue mich schon auf ihre nächste Überraschung."

Den Rest der Reden bekam Thorsten nur mit halbem Ohr mit. Es wurde gelacht und applaudiert. Danach scharte sich alles um die Künstlerin. Es wurde geredet, gelacht und noch mehr Sekt getrunken. An drei der Bilder wurden rote Punkte geklebt.

Als die meisten Gäste gegangen waren, stellte Susanne Thorsten noch einmal ihre Freundinnen vor, Marlies, Eva, Anne, Claudia und Lisa. Diesmal behielt er die Namen. Und Marianne Sobich. Vier der Frauen stellten ihre Partner vor.

Drei Stunden lang saßen sie noch im Café und feierten. Susanne und Marianne sorgten selbst dafür, dass alle zufrieden waren.

Als sie die Gäste verabschiedet hatten, half Thorsten den beiden Frauen beim Aufräumen. Er holte die orangefarbenen, rosa, lila und roten Sitzkissen herein und kettete draußen die Stühle zusammen.

Vor dem Café verabschiedeten sie sich sehr herzlich von Marianne Sobich.

Es war fast Mitternacht.

Susanne und Thorsten standen vor der verschlossenen Tür und sahen sich an.

„Herzlichen Glückwunsch!", sagte Thorsten, „Ich bin unheimlich stolz auf Dich."

Susanne fiel ihm in die Arme.

„Darf ich Sie fragen, was Sie beruflich tun?", fragte Susanne süffisant, als sie sich von ihm löste.

Thorsten lachte. „Das ist eine längere Geschichte. Haben Sie Zeit?"

„Natürlich habe ich Zeit. Ich habe Feierabend."

„Na gut", begann Thorsten. „Wo fange ich an?"

„Von vorne."

„Von vorne." Thorsten nickte. „Dann setz Dich."

Er rückte zwei der angeketteten Stühle so zurecht, dass sie sich hineinzwängen konnten.

„Als ich eines Morgens erwachte", begann er dann, „hatte ich eine Vorahnung. Es war zwar nicht die Vorahnung, dass dieser Tag mein Leben verändern würde, aber es war dennoch eine Vorahnung. Eine sehr unbestimmte, vage, leichte Vorahnung zwar, aber immerhin. Als erstes wunderte ich mich nur darüber, dass die Sonne mich an der Nase kitzelte. Ich erwachte mit einem Lächeln, und die Sonne lächelte zurück. Sie leuchtete das Schlafzimmer dermaßen konturscharf und hell aus, dass ich mich fragte, was sie mir zeigen wollte. Alles schien normal. Sieh hin, schien die Sonne mir zu sagen, aber ich sah nur mein gewohntes Schlafzimmer. Erst heute ist mir klar, dass dieser Tag mein Leben veränderte. Und weißt Du warum?"

„Warum?", fragte Susanne.

„Weil Du mir an diesem Tag mein allererstes Horoskop geschrieben hast. Weißt Du noch, was drinstand?"

„Was denn?", fragte Susanne.

„Das weißt Du doch bestimmt noch!"

Susanne überlegte. „Nein, ehrlich nicht. Keine Ahnung."

„Dieser Tag wird Ihr Leben verändern, hast Du geschrieben." Thorsten wartete.

„Ehrlich? Sowas habe ich geschrieben?", wunderte sich Susanne.

„Ja. Genau so. Wörtlich. Und Du hattest recht. Dieser Tag hat mein Leben verändert."

Und Thorsten erzählte seiner Frau von den Tauben und der Katze, von dem Kind und der Stretchlimousine und die ganze Geschichte, die Sie gerade gelesen haben.

Susanne staunte.

„Und, gehst Du noch ins Fitnessstudio?", fragte sie.

„Ich? Nein. Wieso?"

„Dachte ich's mir doch." Susanne grinste. „Aber Du bist eine Zeitlang gegangen, richtig? Was hast Du denn da getrieben?"

„Ach, weißt Du ... So ein Fitnessstudio verändert einen richtiggehend ... Die einen gehen hin, weil sie sich danach besser fühlen, die anderen, weil sie sich Muskeln wachsen lassen wollen oder weil ihr Arzt es ihnen geraten hat ... Und wieder andere gehen hin, weil es dort Spinde und Umkleidekabinen gibt und sie es irgendwie nicht auf die Reihe gebracht haben, ihrer Frau zu sagen, dass sie im Anzug in der Arbeit erscheinen müssen." Thorsten senkte den Kopf. „Das ist unglaublich dumm, ich weiß."

Susanne unterdrückte ein Kichern.

„Weißt Du ...", begann sie – und verstummte. Ihr Fuß spielte mit der schweren Kette, die um die Stühle geschlungen war, auf denen sie saßen. Sie dachte an den Vormittag vor dem Café schräg gegenüber dem Fitnessstudio. Im Nachhinein erschien ihr auch unglaublich dumm, dass sie ihm nachgelaufen war. Statt es ihm zu erzählen, nahm sie seine Hand. Ein winziges Restgeheimnis dürfe sie behalten, beschloss sie.

Eine Weile saßen sie einfach so da und betrachteten den Vollmond und die Sterne.

„Du, Susanne", fragte er dann, „musst Du morgen arbeiten?"

„Nein, ich habe frei."

„Da ich jetzt eine Garage habe, die ich nicht mehr als begehbaren Kleiderschrank benötige ... und inzwischen wieder ganz ordentlich verdiene ... und keine Stretchlimousine mehr fahre ... Würdest Du morgen mit mir ein Auto aussuchen gehen?"

„Wenn Du bescheiden genug bist und Dich mit einer ganz normalen Limousine zufriedengeben kannst?"

„Natürlich", sagte Thorsten.

„Du, Thorsten", sagte Susanne.

„Ja?"

„Wir haben eine Garage am Haus."

„Stimmt."

„Du kannst die andere Garage kündigen."

„Das werde ich. Kommst Du trotzdem morgen mit, ein Auto auszusuchen?"

„Natürlich", sagte Susanne.

Wieder saßen sie einfach so da, hielten sich an den Händen und schmunzelten vor sich hin. Sie beobachteten den Mond, der kreisrund auf sie herabblickte. Sie ließen sich von einer leichten nächtlichen Brise umwehen. Beide wollten sie einfach nur sitzenbleiben und diese Nacht fortdauern lassen.

„Susanne", sagte Thorsten, „wenn Du mir je wieder Horoskope schreiben solltest, sei bitte vorsichtig mit Deinen Worten. Sie bewahrheiten sich!"

„Ob das jetzt noch funktioniert?", scherzte Susanne. „Du hast schließlich keine Geheimnisse mehr vor mir."

„Ich brauche keine Geheimnisse mehr vor Dir. Und ich brauche auch keine Horoskope mehr von Dir", sagte er.

Thorsten hatte bereits alles, was er brauchte – vor allem eines: eine Frau, die wieder fröhlich war.

„Dann ist ja gut", sagte Susanne. „Denn ich werde meine Horoskope künftig nicht mehr für Dich, sondern für die Zeitung erfinden. Nebenberuflich."

Ein märchenhafter Roman
für Kinder und Erwachsene

Anja-Nadine Mayer

Edelin und Adeline

Ein märchenhafter Roman
für Kinder und Erwachsene
zum Lesen und Vorlesen

Paperback, 124 Seiten,
mit kleinen farbigen
Illustrationen.
Erscheinungsjahr: 2016
Verlag: Books on Demand
ISBN: 978-3-7392-4645-1
Preis: 7,99 €

Als sein Vater, der gute König, stirbt, soll Prinz Edelin ein großes Schloss und ein kleines Land regieren. Im Schloss aber leben all die Großväter und die Großmütter, die Onkeln und die Tanten, die Prinzen und die Prinzessinnen, die Grafen und die Gräfinnen, die Fürsten und die Fürstinnen, die Edelin nicht akzeptieren wollen und ihm das Leben schwer machen. Wie soll er da ein guter und gerechter König werden? Und dann hat er auch noch den letzten Wunsch seines Vaters zu erfüllen ...

Zum Glück hat Edelin auch Freunde: Mitten zwischen Kornblumen und Gänseblümchen lebt seine beste Freundin Adeline – und auch die Bediensteten des großen Schlosses stehen auf seiner Seite.

Anja-Nadine Mayer

Ausstellungen und Bücher sind ihre Leidenschaft – deshalb hat die Autorin beides zu ihrem Beruf gemacht. Während ihres Studiums der Geographie, Orientalistik und Germanistik hat sie als Zeitschriftenlektorin gearbeitet und sich im Orient aufgehalten, so viel es ihr möglich war. Zuletzt leitete sie ein kulturhistorisches Museum, bevor sie sich mit 35 Jahren mit Kulturmanagement, Lektorat, PR und Publizistik endgültig selbständig machte. Sie schreibt Kurzgeschichten, Romane, Kinderbücher und Sachliteratur.

www.kultextur.com